恋愛及び色情

谷崎潤一郎
山折哲雄＝編

角川文庫
18788

目次

恋愛及び色情

○

もうよほど前に死んだ英国の滑稽《こっけい》作家にジェローム・ケー・ジェロームという人がある。この人の書いた「ノーヴェル・ノーツ」と題する本の中に、小説なんて要するに下らないもんだ、昔から世に著われた小説は浜の真砂《まさご》の数よりも多く、何千何百何十万冊あるか知れぬが、どれを読んだって筋は極《き》まり切っている。煎じ詰めれば「先づ或る所に一人の男がありました、そうして彼を愛してゐた一人の女がありました」――〝Once upon a time, there lived a man and a woman who loved him.〟――と、結局それだけのことじゃないかといっている。

それからまた、佐藤春夫から聞いたのだが、ラフカディオ・ハーンの何かの講義録の中に、「小説というものは昔から男女の恋愛関係ばかりを扱っているので、自然一般が恋愛でなければ文学の題材にならないように考える癖がついてしまったが、しかしそんな筈《はず》があるべきではない。恋愛でなく、人事でなくとも、随分小説の題材になり得るのであって、文学の領域というものは元来もっと広いのである」という意味が述べてあるそうである。

以上、ジェロームの諷刺《ふうし》といい、ハーンの意見といい、西洋では「恋愛のない文学」や「小説」がよほど不思議に思われていることは事実であるらしい。もっともかなり古くから政治小説、社会小説、探偵小説等があることはあったが、それは多く純文学の範囲を脱した「功利的」なもの、若しくは「低級」なものとされていた。

現在はやや事情が変わって来て、功利的意義をもって書かれたものがそれの故に「低級」であるとはされない時勢になったけれども、しかし階級闘争や社会改革を取り扱った作品といえども、何等《なんら》かの形で恋愛問題に触れないものは絶無だといっていい。むしろ恋愛を機縁として起こるところの種々なる葛藤、——恋愛重きか、階級的任務重きか？　というようなテーマを捕えたものが多いことであろうと察する。

探偵小説もまた恋愛が犯罪の原因となっている場合がしばしばである。そうしてもし「恋愛」から更に「人事」にまで範囲を拡げれば、西洋古来の小説という小説、文学という文学の種材は、ことごとく人事ならざるはない。『カーテル・ムール』や『ブラック・ビューティー』や、『野性の呼び声』や、稀《まれ》には動物を主人公にした小説もないではないが、それらは多く寓話《ぐうわ》的作品であるから、やはり広い意味における「人事」の範囲を出るものではない。その他、除外例的には自然美を対象にしたものもあり、詩においてはことに珍しくないようなものの、それもよくよく吟味してみると、何等かの点で人事と交渉を持たないものは極めて少ないような気がする。

私はここまで書いて来て、ふと漱石先生の著に「英国詩人の天地山川に対する観念」という論文があったことを想い出した。そして、早速書棚を漁《あさ》ってみたけれども、生憎《あいにく》ちょっと見あたらないので、残念ながら先生の意見を今の場合に徴することが出来ないが、とにかく彼らの芸術においては、「恋愛」にあらざれば、少なくとも「人事」が、その領域の大部分を占めるものであることは、彼らの文学史、美術史を見れば直ちに合点が行くのである。

○

日本の茶道では、昔から茶席へ掛ける軸物は書でも絵でも差し支えないが、ただ「恋」を主題にしたものは禁ぜられていた。ということはつまり、「恋は茶道の精神に反する」とされていたからである。

斯様《かよう》に恋愛を卑しめる気風は日本の茶道ばかりでなく、東洋においては決して珍しいことではない。われわれの国にも古来幾多の小説や戯曲があり、恋愛を扱った作品に乏しくないけれども、それらがわれわれの文学史において丁重な扱いを受けるようになったのは、西洋風の物の見方が始まってから以後のことで、まだ「文学史」などというもののない時代には、軟文学といえばまず文学の末流、婦女子の手すさびか、士君子の余技とされていたもので、書く者も遠慮し、読む者も遠慮していた。実際においては傑出した戯曲家や小説家があり、また彼らの作品が一世を風靡《ふうび》したことはあったとしても、表面的には品位の下ったものとされ、一人前の男子の生涯を賭《と》すべき仕事でないとされていた。支那《シナ》では古来「済世経国」をもって文章の本領としていたくらいで、支那文学の王座を占める本筋の漢文学というものは、経書か、史書か、しからざるまでも修身治国平天下を目的としたる述作が主であった。私が少年の時漢文学の教科書として用いた書物、四書だの、五経だの、史記だの、文章軌範だのは凡《およ》そ恋愛とは最も縁の遠いもので、往時はああいうものが真の文学、正系の文学と考えられていたらしい。それが明治になってから坪内先生の「小説神髄」が出たり、沙翁《さおう》と近松、モーパッサンと西鶴《さいかく》の比較論が始まったりして、次第に戯曲や小説が文学の主流と見做《みな》されるようになったのであるが、そういう見方は実はわれわれの正しい伝統ではないのである。小説や戯曲は「創作」であって、史学や政治学や哲学は「創作」でなく、そうしてまた、創作にあらざるが故に文学でないという考えは、見ようによっては随分窮屈であるともいえる。もしわれわれの伝統に従って西洋の文学を見るとしたら、ベーコンや、マコーレイや、ギボンや、カーライルのごときものこそ正系であって、沙翁の物なぞはそっと隠しておく方が本当であるかも知れない。

西洋人の考えでは、詩は散文よりも一層純文学的であるとされている。が、その詩においてさえ東洋のものには比較的恋愛の分子が少ないことは、最も代表的なる二大詩人——李杜《りと》二家の詩について見れば思い半ばに過ぎるであろう。杜甫《とほ》のものにはたまたま哀別離苦を唄い、流謫《りゅうたく》の悲しみを寄せているのがあるけれども、相手は多く「友人」であるか、稀には彼の「妻子」であって、「恋人」である場合は一つもない。「月と酒の詩人」といわれる李白《りはく》に至っては、その月光と酒杯とに対する熱情の十分の一も、「恋」を思ってはいなかったであろう。森槐南《もりかいなん》はかつてその「唐詩選評釈」の中で、あの有名な「蛾眉《がび》山月歌」、

蛾[1]眉山月半輪秋　影入㆓平羌江水㆒流
夜発㆓清渓㆒向㆓三峡㆒　思㆑君不㆑見下㆓渝州㆒

の詩を挙げ、「君を思うて見ず」とは表面月を意味するごとくであるけれども、「蛾眉山月」という言葉から推して、何となく蔭に恋人のあることが感ぜられるといっている。槐南翁のこの解釈はたしかに卓見であるが、李白はそんな工合に、時として恋愛を詠ずることがあっても、思いを月に托《たく》したりして、極めて仄《ほの》かに、暗示的に述べている。そうしてこれが東洋の詩人のたしなみとされていたのである。

故に「恋愛でなくとも小説または文学になる」というラフカディオ・ハーンの説は、西洋人としては珍しいかも知れないが、われわれ東洋人にとっては別に不思議でも何でもない。われわれは実は「恋愛でも高級な文学になる」ということを、彼らに教えられたようなものである。

○

われわれはしばしば、浮世絵の美は西洋人によって発見され、世界に紹介されたもので、西洋人が騒ぎ出すまでは、われわれ日本人は自分の有するこの誇るべき芸術の価値を知らなかったという話を聞く。が、考えてみると、これはわれわれの恥辱でもなければ、西洋人の卓見でもない。われわれはもちろんこの方面のわれわれの芸術を認めてくれ、それを世界に喧伝《けんでん》してくれた西洋人の功績を徳とし、深く感謝する者ではあるが、しかし正直にいってしまうと、「恋愛」や「人事」でなければ芸術にならないと考える彼らには、浮世絵が一番分かりやすかったのである。そうして何故にこの立派な芸術が日本の同胞の間において相当な尊敬を払われずにいるか、その理由が彼らに分からなかったのである。[2]

　まことに、徳川時代における浮世絵師の社会的位置は、ちょうど戯作者《げさくしゃ》や狂言作者のそれに等しい。恐らく当時の教養ある士大夫は、浮世絵や戯作を見ること春画や婬本《いんぽん》と遠からざるほどに思ったであろうから、大雅堂や、竹田《ちくでん》や、光琳《こうりん》や、宗達《そうたつ》と、師宣《もろのぶ》や、歌麿《うたまろ》や、春信《はるのぶ》や、広重《ひろしげ》とを、同格に待遇するはずはなく、文学においてもまた、白石《はくせき》、徂徠《そらい》、山陽《さんよう》の徒と、近松や西鶴や三馬や春水とを一緒に見る者はなかったであろう。さればこそ「関《かん》八州繋馬《はっしゅうつなぎうま》」のある部分が後水尾《ごみずのお》院の叡感《えいかん》に預かったとか、「曽根崎心中」の道行の文章が徂徠の激賞するところとなったとかいう逸話が、よほど特別な、驚異とすべき事実のように伝えられているのである。馬琴が在世の当時、自らもほかの戯作者より一段高い矜持《きょうじ》を示し、世人も一種尊敬の眼をもって見たというのは、彼の作物が専ら勧善懲悪を旨として、人倫五常の道を説いたことに起因している。これをもって見ても一般の戯作者の位置がどんなものであったかを知ることが出来よう。

左様にわれわれの伝統は、恋愛の芸術を認めない訳ではないが、——内心は大いに感心もし、こっそりそういう作品を享楽したことも事実であるが、——うわべはなるべくそ知らぬ風を装ったのである。それがわれわれの慎みであり、誰いうとなく社会的礼儀になっていたのである。だから歌麿や豊国《とよくに》を担ぎ出した西洋人は、このわれわれの暗黙の礼儀を破ったのであるといえなくもない。

○

しかし、あるいは反問する人があろう、――「それなら恋愛文学が旺盛を極めた平安朝はどうであるか？　われわれの文学史にもああいう時代があったではないか？　徳川時代の戯作者はあるいは卑しめられたかも知れぬが、業平《なりひら》や和泉式部《いずみしきぶ》のような歌人は如何《いかん》？『源氏物語』以下多くの恋愛小説の作者は如何？　彼ら並びにその作品が受けていた待遇はどうか？」と。

「源氏」については古来いろいろの説がある。儒学者は婬蕩《いんとう》の書として時に攻撃するものがあったのに反し、国学者はさながらあれをバイブルのように神聖視し、あの書の内容をもって最も道徳的な教訓に充《み》ちたものであるといい、果ては作者の紫式部を「貞女の鑑《かがみ》」であるとまでコジツケル者があるようになった。が、コジツケであるにもせよ、――とにかく表向きはあの物語が「婬蕩の書」であることを否定しなければ、――そうして無理にも「道徳的」な「教訓的」な読み物であるとしなければ、――文学としての「源氏」の立場がなくなるように考えたところに、やはり一種の「礼儀」があり、東洋人に特有な「体裁を取りつくろう癖」があるのである。

さて、ここで私は最初の質問に返り、平安朝の恋愛文学について少しく観察することにしよう。

○

[3]むかし、刑部卿敦兼《ぎようぶきようあつかね》という公卿《くぎよう》は世にも稀な醜男《ぶおとこ》であったのに、その北の方はまたすぐれて器量の美しい人で、いつも自分が浅ましい夫を持ったことを嘆いていたが、あるとき宮中に五節《ごせち》の舞を見に行って、今日を晴れと着飾った満廷の公卿達の花やかな姿を眺め渡すと、孰《ど》れもこれも自分の夫のような醜い男は一人もいない。皆とりどりに立派な風采をしているので、つくづく夫が厭《いや》になって、それからというものは、家に帰っても面を背けて物をもいわず、しまいには奥へ引き籠《こ》もったきり顔も見せない。夫の敦兼はいぶかしく思いながら始めは何のことか分からずにいたが、ある日宮中へ出仕して夜おそく帰って来ると、出居《でい》に灯もともっていなければ、召し使われる女房たちまでどこかへ逃げてしまったと見えて、装束を脱いでも畳んでくれる人もない。そこで、よんどころなく車寄の妻戸をおしあけて、一人物思いに沈んでいると、次第に夜が更けて、月のひかり風のおとが身に沁《し》み渡るにつけ、薄情な妻の仕打ちが折に添えて恨めしく、やるせなさがひしひしと迫って来たので、ふと心をすまして、篳篥《ひちりき》を取り出して、

　ませのうちなる白ぎくも

うつろふ見るこそあはれなれ
われらが通ひてみし人も
かくしつゝこそかれにしか

と、繰り返し繰り返し謡った。北の方は奥に隠れていたが、この歌をきくと急に哀れを催して敦兼を迎え、そののちは夫婦仲が非常にこまやかになったという。

この物語は人も知る『古今著聞集《ここんちょもんじゅう》』の好色の巻に出ているもので、あるいは鎌倉頃か王朝末期の話かと思うが、いずれにしても当時の京都の貴族生活はまだ平安朝の風俗習慣を多分に伝えていたのであるから、これなぞは代表的な平安朝的恋愛の情景と見て差し支えあるまい。

ところで、私が妙に思うのは、この場合における男と女の位置である。『古今著聞集』の著者は、「それより殊になからひめでたくなりにけるとかや、優なる北の方の心なるべし」といっているように、この北の方の不貞を責めようとするのでもなく、また夫の敦兼の意気地のなさを嘲弄《ちょうろう》している訳でもなく、いわば夫婦の美談として伝えているのである。そうしてこれが平安朝の公卿の間では当然の常識であったように思える。

醜男を承知で添ったはずの妻が、今更何の理由もなしに夫を疎《うと》んずる。夫はそういう妻に対して愛憎をつかしでもすることか、女の家の外に立って歌をうたいつつ哀しみを訴える。それを聴き入れてやった妻が「優にやさしい心だ」といわれる。これが西洋のラブ・シーンではなく、実に日本の王朝の出来事なのである。そういえば敦兼は「篳篥を取り出して」歌に合わせて鳴らしたとあるが、あの時分の公卿はそんな楽器を常に携えていたのであろうか。私はいつも著聞集のこの件《くだり》を読むと、盲人の沢市がひとり三味線を弾きながら地唄の「菊の露」を唄っているあの「壺坂《つぼさか》」の幕開きの場面を想起する。

鳥の声、鐘のおとさへ身に沁みて、思ひ出すほど涙が先へ、落ちて流るゝ妹背の川を合とわたる舟の、楫だに絶えて、かひもなき世と恨みて過ぐる合二上リ思はじな、逢ふは別れといへども、愚痴に、庭の小菊のその名にめでゝ、昼は眺めて暮らしもせうが、よる〳〵毎におく露の、露の命のつれなや憎や合今は此の身に秋の風

芝居の沢市はこの唄の前半、本調子のところばかりを唄う。そうしてここでも敦兼と同じく思いを菊に托しているのが奇縁であるが、昔から大阪ではこの唄をうたうと縁が切れるといって嫌がる。が、それはとにかく、この浄瑠璃は団平夫人の作であるというから、さすがに女性のやさしみが出ているけれども、しかし沢市はもとより人に憐《あわ》れまれる不具

の身であるから、敦兼とは大分事情が違う。いわんやお里と北の方とは雲泥の相違で、お里のようなのこそ「優にやさしい心」がけであり、それでこそ「夫婦の美談」であるともいえる。思うに後世、武門の政治と教育とが一般に行き亙《わた》った時代から見れば、北の方の不都合は論外として、敦兼のような夫はまことに男子の風上にも置けぬ奴《やつ》、「男の面よごし」として擯斥《ひんせき》されたであろうことは想像に難くない。こういう場合、鎌倉以後の武士であったら、潔く女を思い切るか、思い切れなければ直ちに奥へ踏ん込んで存分に成敗を加えるかする。女も大概そういう男をこそ好くのであって、敦兼のような女々しい真似をすれば一層嫌われるばかりであるのが、われわれの普通の心理である。徳川時代は恋愛文学の流行した点で平安朝に対立するものだけれども、今試みに近松以下の戯曲について考えてみても、この敦兼のような意気地なしの男の例はちょっと思い出せない。稀にこれに似た場合があっても、滑稽的に取り扱っているので、美談として伝えているものは恐らくあるまい。人は元禄《げんろく》時代の世相をよほど婬靡《いんび》で惰弱であったようにいうが、その実当時の遊冶郎《ゆうやろう》は案外意地ッ張りで、殺伐で、向こう見ずで、博多小女郎《はかたこじょろう》の宗七や油地獄の与兵衛《よへえ》はいわずもがな、心中物に出て来る二枚目はしばしば刃傷沙汰《にんじょうざた》に及んだりして、なかなか王朝の公卿のような弱虫ではない。降《くだ》って化政期以後の江戸になれば女でさえも張りを貴んだのであるから、「男らしい男」が持てたことはいうまでもなく、江戸芝居に出て来る色男といえば、大口屋暁雨式の侠客か、片岡直次郎式の不良少年が多いのである。

○

平安朝の文学に見える男女関係は、そういう点でほかの時代と幾分違っているような気がする。敦兼のような男を意気地がないといってしまえばそれまでだけれども、これをいい換えれば女性崇拝の精神である。女を自分以下に見下して愛撫するのでなく、自分以上に仰ぎ視てその前に跪《ひざまず》く心である。西洋の男子はしばしば自分の恋人に聖母マリアの姿を夢み、「永遠女性」の俤《おもかげ》を思い起こすというが、由来東洋にはこの思想がない。「女に頼る」ことは「男らしい」ことの反対とされ、凡そ「女」という観念は、崇高なもの、悠久なもの、厳粛なもの、清浄なものと最も縁遠い対蹠《たいしょ》的な位置に置かれる。それが平安朝の貴族生活においては、「女」が「男」の上に君臨しないまでも、少なくとも男と同様に自由であり、男が女に対する態度が後世のように暴力的でなく、随分丁寧で、物柔らかに、時にはこの世の中の最も美しいもの、貴いものとして扱っていた様子が思われる。たとえば『竹取物語』のかぐや姫が最後に至って昇天する思想などは、後世の人の考え及ばないところであって、第一われわれは芝居や浄瑠璃に現れる女が、あの儘《まま》の服装で天へ昇る光景を想像することだに容易でない。小春や梅川は可憐であっても、要するに男の膝に泣き崩折れる女でしかないのである。

○

『古今著聞集』で思い出したが、『今昔物語《こんじやくものがたり》』の本朝の部第二十九巻にある「不被知人女盗人語」というものは、日本には珍しい女のサディズムの例であり、そうして恐らく、性慾のための Flagellation の記事としては、東洋における最も古い稀な文献の一つではなかろうか。「……昼は常の事なれば人もなくてありける程に、男をいざと云ひて奥に別なりける屋に将行《ゐゆ》きて、此の男の髪に縄を付けて幡物《はたもの》と云ふ物に寄せて背《せなか》を出させて足を結《ゆ》ひ曲《かゞ》めてした丶めおきて、女は烏帽子をし、水干袴を着て、引きつくろひて笞を以て男の背を慥に八十度打ちてけり。さて如何思ひぬると男に問ひければ、男怪しうはあらずと答へければ、女さればよと云ひて、竈の土を立て丶呑ませ、よき酢を呑ませて土をよく掃ひて臥させて、一時ばかりありて引き起して例の如くになりにければ、その後は例よりは食物をよくして、持ち来り、よくよく労《いたは》りて三日ばかりを隔《へ》て、杖目おろ癒ゆる程に前の所に将行きて、亦同じやうに幡物に寄せて本の杖目打ちければ、杖目に随つて血走り肉乱れけるを八十度打ちてけり。さて堪へぬべしやと問ひければ、男いさ丶か気色も替へで堪へぬべしと答へければ、此のたびは初めよりも讃め感じて、よくねぎらひて、亦四五日ばかりありて亦同様に打ちけるに、それにも尚同様に堪へぬべしと云ひければ、引きかへして腹を打ちてけり。それにも尚ことにもあらずと云ひければ、えもいはず讃め感じて……」

とあるのがそれで、後世の女賊や毒婦などにも残忍な女は少なくないが、かかる嗜虐《しぎゃく》性の女、ことに男に笞を加えて喜ぶという例は、荒唐無稽な草双紙にもあまり見受けないところである。

　これなぞは少し極端だけれども、前の敦兼の場合といい、この女賊[4]といい、平安朝の女は動《やや》ともすると男に対して優越な地位に立ち、男はまた女に対してとかく優しかったような気がする。清少納言が宮廷においてしばしば男子をヘコました話は『枕草子』を見ても分かるが、あの時分の日記や、物語や、贈答の和歌なぞを読むと、女は多く男から尊敬されており、ある場合には男の方から哀願的態度に出たりして、決して後世のように男子の意志に蹂躙《じゅうりん》されていない。

○

『源氏物語』の主人公は、大勢の婦女子を妻妾《さいしょう》に持ったのであるから、形からいえば女を玩弄物《がんろうぶつ》扱いにしたことになるが、しかし制度の上で「女が男の私有物」であったということと、男が心持ちの上で「女を尊敬していた」ということとは必ずしも矛盾するものでない。自分の財産の一部であっても貴重品というものはある。自分の家の仏壇にある仏像は、もちろん自分の所有品に違いないが、それでも人はその前に跪き、掌《て》を合わせ、勤めを怠れば罰を受けることを恐れる。私がここで問題にしているのは、経済組織や社会組織から見た婦人の位置でなく、男が女の映像のうちに何かしら「自分以上のもの」「より気高いもの」を感ずることを意味する。光源氏の藤壺に対する憧憬《しょうけい》の情は、露《あら》わに表現してはいけれども、ややそれに近いものだったことが推し測られる。

○

西洋の騎士道においては、武人の忠誠と崇拝の標的は「女性」にあった。彼らはその尊敬する婦人のために高められ、引き上げられ、励まされ、勇気づけられた。「男らしいこと」と「女人を渇仰すること」とは一致していた。近代に及んでもこの風習は同じであって、レディー・ハミルトンとネルソンのごとき、ジョン・スチュアート・ミル夫人とその夫のごとき関係は、東洋には全く類例がないといっていい。

なぜ日本では、武門の政治が起こり武士道が確立するに従って、女性を卑しめ、奴隷視することになったのか。何故「女人にやさしくすること」が「武士らしいこと」と一致しないで、「惰弱に流れる」とされなければならなかったか。これは面白い問題だけれども、そんな詮索《せんさく》をやり始めると長くもなるし、自然後章でこのことに触れる機会もあろうから、今は論じないことにして、とにもかくにも、そういう国柄の日本において、高尚な恋愛文学の発達するはずはないのである。なるほど西鶴や近松の作品は、ある点において西洋のものに比べても決して遜色を見ないであろう。が、正直のところ、徳川期の恋愛物はどんな天才的作品といえども畢竟《ひっきょう》するに町人の文学であって、それだけ「調子が低い」のである。それもそのはず、彼ら自ら女人をおとしめ、恋愛をおとしめながら、いかにして気象高邁《こうまい》なる恋愛文学を作ることが出来ようぞ。西洋ではかのダンテの「神曲」ですら、ベアトリスに対するこの詩人の初恋から生まれたというではないか。そのほかゲーテにせよトルストイにせよ、一世の師表と仰がれる人の作品は、姦通を描き、失恋自殺を描き、道徳的にはかなりいかがわしい情景を扱ってあっても、その調子の高いことは到底わが元禄文学の比肩し得るところではない。

○

けだし西洋文学のわれわれに及ぼした影響はいろいろあるに違いないが、その最も大きいものの一つは、実に「恋愛の解放」、——もっと突っ込んでいえば「性慾《せいよく》の解放」——にあったと思う。明治の中葉頃に栄えた硯友社《けんゆうしゃ》の文学はまだ多分に徳川時代の戯作者気質を帯びていたものの、つづいて文学界や明星一派の運動が興り、自然主義が流行するに及んで、われらは完全に恋愛や性慾を卑しいとするわれらの祖先の慎みを忘れ、旧《ふる》い社会の礼儀を捨てた。今試みに紅葉《こうよう》の作品と、紅葉以後の大作家である漱石の作品とを比べると、女性の見方に著しい相違のあることが分かる。漱石は有数の英文学者でありながら決してハイカラの方ではなく、むしろ東洋の文人型の作家であるが、それでも『三四郎』や『虞《ぐ》美人草《びじんそう》』に出て来る女性とその扱い方とは、到底紅葉の作に見出し難いものであって、この二家の差は個人の相違でなく、時勢の相違なのである。

文学は時代の反映であると同時に、時代に一歩を先んじて、その意志の方向を示す場合もある。『三四郎』や『虞美人草』の女主人公は、柔和で奥床しいことを理想とした旧日本の女性の子孫でなく、何となく西洋の小説中の人物のような気がするが、あの当時そういう女が多く実際にいた訳ではないとしても、社会は早晩いわゆる「自覚ある女」の出現を望み、かつ夢みていた。私と同じ時代に生まれ、私と同じく文学に志したあの頃の青年は、多かれ少なかれ皆この夢を抱いていたであろうと思う。

が、夢と現実とはなかなか一致するものでない。古い長い伝統を背負う日本の女性を西洋の女性の位置にまで引き上げようというのには、精神的にも肉体的にも数代のジェネレーションに亙る修練を要するのであって、これがわれわれ一代の間に満たされようはずはない。早い話が、まず西洋流の姿態の美、表情の美、歩き方の美である。女子に精神的優越を得させるためには、肉体から先に用意しなければならないことはもちろんであるが、考えてみると、西洋には遠く希臘《ギリシャ》の裸体美の文明があり、今日もなお欧米の都市には至るところの街頭に神話の女神の彫像が飾られているのであるから、そういう国や町に育った婦人たちが、均整の取れた、健康な肉体を持つようになるのは当然であって、われわれの女性が真に彼らと同等の美を持つためには、われわれもまた彼らと同じ神話に生き、彼らの女神をわれわれの女神と仰ぎ、数千年に溯《さかのぼ》る彼らの美術をわれわれの国へ移し植えなければならない。今だから白状してしまうが、青年時代の私なぞはこういう途方もない夢を描き、またその夢の容易に実現されそうもないのにこの上もない淋《さび》しさを感じた一人であった。

○

私はそう思う、——精神にも「崇高なる精神」というものがあるごとく、肉体にも「崇高なる肉体」というものがあると。しかも日本の女性にはかかる肉体を持つ者がはなはだ少なく、あってもその寿命が非常に短い。西洋の婦人が女性美の極致に達する平均年齢は、三十一、二歳、——すなわち結婚後の数年間であるというが、日本においては、十八、九からせいぜい二十四、五歳までの処女の間にこそ、稀に頭の下《さが》るような美しい人を見かけるけれども、それも多くは結婚と同時に幻のように消えてしまう。たまたま某氏の夫人だとか、女優や芸者などに美人の聞こえの高いのはあるが、大概そんなのは婦人雑誌の口絵の上の美人であって、実際に打《ぶ》つかってみると、皮膚がたるみ、顔に青黒いお白粉やけやしみが出来、眼もとに所帯の窶《やつ》れだの房事の過剰から来る疲労の色が浮かんでいる。ことに処女時代の雪のように白く堆《うずたか》い胸部と、ハチ切れるような腰部の曲線とを崩さずに持っている者は一人もないといっていい。その証拠には若い時分に好んで洋装した婦人たちでも、三十台になると、ゲッソリと肩の肉が殺《そ》げ、腰の周りが変に間が抜けてヒョロヒョロして来て、とても洋装が着切れなくなる。結局彼女らの美しさは和服の着こなしや化粧の技巧ででっち上げたもので、弱々しい綺麗さはあるにしても、真に男子をその前に跪かせるような崇高な美の感じはない。

だから西洋には「聖なる婬婦《いんぷ》」、もしくは「みだらなる貞婦」というタイプの女があり得るけれども、日本にはこれがあり得ない。日本の女はみだらになると同時に処女の健康さと端麗さを失い、血色も姿態も衰えて、醜業婦と選ぶところのない下品な婬婦になってしまう。

○

たしか徳川家康であったかと思うが、嫁は夫の寝床の中にいつまでも止まっていてはいけない、房事の後はなるべく早く自分の床へ戻るようにするのが、長く夫に愛される秘訣《ひけつ》であるという意味を、婦女のたしなみとして諭しているのを何かの本で読んだことがある。これはあくどいことを嫌う日本人の性質をよほどよく呑《の》み込んだ教えであって、家康のごとき絶倫な肉体と精神力とを持っていた人でも、なおこの言葉があるかと思うと、ちょっと意外な気がしないでもない。

かつて私が中央公論誌上へ紹介した室町時代の小説に『三人法師』という物語がある。読んだ方はあるいは覚えておられるであろうが、あの中の一節に、足利尊氏の家来の糟屋という侍がさるやんごとない堂上方の女房を垣間見《かいまみ》て、たちまち恋わずらいに罹《かか》るところがある。南北朝の時代にはさすがにまだ王朝頃の優雅な風が武士の間にも残っていたと見えて、やがてこのことが尊氏将軍の耳に這入《はい》り、将軍自ら糟屋のために橋渡しの文を書いて、佐々木という侍を使者に立てて、その堂上家へ遣わすことになる。「……さては易き事よと仰せありて、忝くも御所様御文を遊ばして、佐々木を御使にて、二条殿へ参らせける。……」と、原本では糟屋が自分でそのいきさつを物語っているのであるが、「……御返事には、尾上と申す女房にて渡り候程に、地下《ぢげ》へは下すまじきにて候。其人を此方へ給はり候べき由、遊ばされ候ひし文の返事を、我等が宿へ給はり候。御所様の御恩、報じ申すべきやうもなし。是に付きても、味気なき世かな。譬ひ尾上殿に逢ひ奉り候とも、ただ一夜の契なるべし。是こそ遁世する所と存じ候ひしが、又打返し思ひ候事は、糟屋こそ、二条殿の女房達を恋ひ申し、将軍の御籌策にてありけるが、臆して会ひ申さで、遁世《とんせい》したるなど云はれんこと、生涯の恥と存じて、せめて一夜なりとも会ひ申し、其後は兎も角もと存じ候て、……」と、その時の気持を糟屋はこう告白しているのである。

相手は地下人の武士から見れば身分違いの上臈《じょうろう》であるにもせよ、一人前の侍が病みつくほどに恋こがれていたものが、主人の好意でようよう思いを叶えようという、天にも昇る嬉しさの場合に、「御所様の御恩、報じ申すべきようもなし」と、自分でも感謝していながら、すぐその後で「是に付きても、味気なき世かな。譬ひ尾上殿に逢ひ奉り候とも、たゞ一夜の契なるべし。是こそ遁世する所」だと思ったというのは、いかにも異常な心理である。これが平安朝の貴族ででもあれば格別、尊氏将軍の部下といえば、幾度か戦場を馳駆したであろう乱世の武士の感懐であるから、一層不思議ではないか。

たしか西洋の諺《ことわざ》に「空を飛ぶ数羽の鳥よりも手にある一羽の鳥の方がいい」という意味の語があったと記憶する。しかるにこの武士は、及びも付かぬ高根の花と眺めていたものが、意外にも自分の物になろうという間際に至って、まだその喜びが実現もされぬうちから、いわば来るべき幸福の予想に浸りつつある最中に、「是に付きても味気なき世かな」と、早くも遁世の志を抱く。そして結局、「……臆して会ひ申さで、遁世したるなど云はれんこと、生涯の恥と存じて」思い返しはするものの、手に入れた上はどこまでも放さずに、底の底まで歓楽を極めようとするのではなく、「せめて一夜なりとも会ひ申し、其後は兎も角も」という心で恋人の許《もと》へ出かける。けだしこういう心理は日本人だけのものであって、西洋人にも、そして恐らくは支那人にもあるまい。

○

前にいった家康の教訓は、変則な恋愛や一時的にパッと燃え上がる恋愛には当て嵌《は》まらない場合もあろうが、少なくとも正式な結婚生活を営む者にははなはだ適切な注意であって、実は嫁よりも夫の方が、――彼が日本人である限り――誰しも痛感しているであろう。私なぞもしばしば覚えのあることで、妻はいうまでもないが恋人に対しても、直後しばらくは、――最も短くて二、三分間、長くて一と晩以上一週間も一箇月も、――離れていたくなるのが常で、過去の恋愛生活を振り返ってみるのに、そういう感じを起こさせなかった「相手」と「場合」とはほとんど数えるほどしかない。

これにはいろいろの原因があることだろうが、とにかく日本の男子はこの方面において比較的早く疲労する。そうして、疲労が早く来るために、それが神経に作用して、何となく浅ましいことをしたという感じを起こさせて、気分を暗くさせ、消極的にさせる。あるいは伝統的に恋愛や色情を卑しむ思想が頭に沁み込んでいて、それが心を憂鬱にさせ、逆に肉体に影響するのかも知れないが、どっちにしてもわれわれは性生活においてははなはだ淡白な、あくどい婬楽に堪えられない人種であることは確かである。横浜や神戸あたりの開港地にいる売笑婦に聞いてみてもこのことは事実であって、彼女らの話によると、外国人に比べて日本人は遥かにその方の慾望が少ないという。

○

しかし私は、これを一概にわれわれの体質の弱いことに帰したくない。われわれが今後大いにスポーツを盛んにし、(ついでだからいっておくが、西洋人のスポーツ好きはよほど彼らの性生活と密接な関係があるに違いない。うまい物をたらふく食うために腹を減らすのと同じ意味である)西洋人並みの強壮な肉体を持つようになっても、果たして彼らのようにあくどくなれるかどうかは疑問であると思う。ぜんたいわれわれは他の方面においてはかなり活動的な、精力的な人種であることは、過去の歴史に照らしても、現在の国勢に徴しても、明らかなことである。われわれが性慾にあくどくないのは、体質というよりも、季候、風土、食物、住居などの条件に制約されるところが多いのではないか。

それについて思い出すのは、西洋人は日本に長く在留すると、次第に頭が悪くなり、体がだるくものうくなって来て、ついには仕事が出来ないようになる。だから四年に一遍ぐらいは休暇を取って帰国し、故郷に半年か一年ぐらいいてまた戻って来るか、そんな暇のない者は、日本のうちでやや欧米の季候に似た土地へ転地する。信州の軽井沢が開けたのは全くそのためであるというが、つまり日本は欧米に比べてそれだけ湿気が多いのである。われわれでさえ入梅の季節にはとかく神経衰弱にかかったり、手足が大儀になるのであるから、入梅という現象のない乾いた空気の国から来た者は、この土地にいると一年じゅう入梅のように感じるかも知れない。もっとも世界には日本以上に湿気の多いところもある。私の友人のある会社員で、長らく印度《インド》のボンベイに勤めていた者が、たまたま帰国しての話に、「いや、もう年が年じゅう蒸し暑くって、べとべとして、とても溜《た》まらぬ。あんなところにまたやられるなら辞職した方が優《ま》しだ」というので、「それでもときどき帰国出来るんじゃないか」というと、「四年に一度ぐらい帰って来たんじゃ遣り切れない。あそこに長く住んでみろ、誰だって頭が馬鹿になって、体じゅうが、骨の髄から腐ったようになる、だから日本人だって西洋人だってみんな行くのを厭がるんだ」といっていたが、とうとうその男は本当に会社を罷《や》めてしまった。けだし数多い在留外人のうちには、日本に派遣されたことを、ちょうど日本人がボンベイへ派遣されたごとく感じている者もあるに違いない。

あまり乾燥し過ぎた土地も健康のためにどうか分からぬが、性慾に限らず、たとえば脂っこい食物や強烈な酒に飽満《ほうまん》した時など、すべてあくどい歓楽の後では、すうッと上せの下るような清々しい空気に触れ、きれいに澄み切った青空を仰いでこそ、肉体の疲労も恢《かい》復《ふく》し、頭脳も再び冴《さ》えるのである。ところが湿気の多い国は従って雨も多いから、青空を見る時が割に少なく、ことに日本は島国のせいかよほど海岸から遠い高原地でない限り、冬でも空気がじめじめしていて、南風の吹く日などはべとべとした汐風《しおかぜ》のために顔がぬらぬらと脂汗を湧かして、頭痛のするようなことが珍しくない。私は旅行家でないから確かなことはいえないけれども、恐らく日本じゅうで、比較的雨が少なく、暖かでしかも乾燥した土地、そうして交通の便利も悪くない地方といえば、私の現に住んでいる六甲山麓の一帯と、沼津から静岡に至るあの沿岸などであろう。一と頃の医者は虚弱な人に海浜へ転地することを勧め、東京ならば湘南地方、京阪ならば須磨明石辺へ療養に行くことが流行ったもので、今でも鎌倉あたりから東京へ通勤する人を見かけるが、私の経験によると、海辺の土地はなるほど冬は暖かいことは暖かいけれども、その代わり例のポヤポヤとした生ぬるい汐風の吹く日が多く、着物などがすぐべっとりと湿って来て、頭がかっかっと上せて来る。一月二月はまだいいとして、三、四月になると一層これがはなはだしい。もし夫《そ》れ夏の蒸し暑さに至っては、鎌倉などは東京よりもずっと寒暖計が上がるくらいで、何を苦しんであの飲み水のまずい蚊の多いところへ避暑に行くのか気が知れない。私などは人並み以上に上せ性のせいか、鵠沼《くげぬま》にも小田原《おだわら》にも住んだことがあるが、概ね頭部に鈍痛を覚えない日は少なく、ことに小田原では激しい神経衰弱にかかって体重が恐ろしく減った。京阪における須磨明石もほぼこれと同様で、あれから西の方へかけての中国筋は、いったいに雨が少ないから見たところは明るいけれども、どういうものか空気がべたべたと粘つくような感じがして、もう桜の咲く時分から蒸し暑く、やがて夕なぎの季節になれば手足が蕩《とろ》けるようにものうく、自分の体はもとよりのこと、海を見ても青葉を見ても出来立ての油絵のようにギラギラして、びっしょり汗を掻《か》いている。

そういう訳で、何しろ日本という国はその中枢部の大部分がこういうべとべとした季候なのであるから、あくどい歓楽にはまことに不向きである。仏蘭西《フランス》あたりでは真夏の酷熱の際といえども汗がひとりでに乾いてしまって、決して肌がべたつかないというではないか。そんな土地でこそ飽くなき性慾に耽《ふけ》ることも出来るが、じっとしていても頭痛がしたりひだるかったりするのでは、とても毒々しい遊びは思いも寄らない。実際、瀬戸内海地方の夕なぎなどに来合わせたら、ほんの少しビールを飲んでさえすぐ体じゅうがねとねとして、浴衣の襟や袂《たもと》は脂じみ、臥ころんでいながら節々がほごれるようで、そういう時には全く慾も得もなく、房事のことなど考えてもウンザリする。それに、季候がそんな工合であるから、食物もまた淡白であり、住居の形式も開放的であって、これが大いに影響している。貝原益軒《かいばらえきけん》＊一が白昼に房事をすることを勧めているのは、日本のような風土においてはことに健康な方法であって、そうして一遍晴れ晴れとした日の目を見、風呂でも浴びてそこらを散歩して来れば、憂鬱な気分に陥ることも少なく疲労も早く癒《い》える訳だが、いかんせん普通の民家の間取りでは密閉し得る部屋というものがないのだから、これもなかなかいうべくして行い難いことになる。

○

それなら印度や南支那あたりの湿気た国の人々は、われわれ以上にその方面が淡白であっていいはずであるが、どうもそうでもなさそうである。彼らはわれわれよりはずっと濃厚な食物を取り、もっと都合のいい間取りの家に住み、それ相当にあくどく暮らしていそうに思われる。が、その代わり、古来支那が多く北方から征服された歴史を考え、また印度の現状などを見ると、そんなことのために彼らは精力を消費し過ぎたのかも知れない。物資の豊かな大国の人民はそれでもよかったのであろうが、日本人のように活動的で、気短かで、負けず嫌いで、しかも貧しい島国に生まれた者は、到底あの真似は出来なかったのであろう。善くも悪くも、とにかくわれわれは刻苦精励して、武人は武を研《みが》き、農夫は耕作にいそしみ、年中たゆみなくせっせと働いていなければ国が立っていかなかった。もし少しでも気を緩めて平安朝の公卿のような安逸な生活をつづけていれば、たちまち近隣の大国から侵略されて、朝鮮や蒙古《もうこ》や安南と同じ運命を辿《たど》ったであろう。その事情は昔も現代も変わりはなく、しかもわれわれははなはだ負けじ魂の強い民族なのである。われわれが今日東洋に位しながら世界の一等国の班に列しているのは、すなわちわれわれがあくどい歓楽を貪《むさぼ》らなかった所以《ゆえん》であるともいえるであろう。

○

恋愛を露骨に現すことを卑しみ、かつその上にも色慾《しきよく》に淡白な民族であるから、われわれの国の歴史を読んでも蔭に働いた女性の消息というものがいっこう明らかに記してない。私などはその職業上、過去の人物を題材にして歴史小説を書きたいと思うことがしばしばであるが、いつも困るのはその人物をめぐる女性の動きがはっきり分からないことである。いうまでもなく、史上の英雄豪傑も必ず裏には何かの形で恋愛事件があったに違いなく、そういう方面を忌憚《きたん》なく描写してこそ人間味を出すことが出来るのであって、かの太閤《たいこう》が淀君《よどぎみ》に送った恋文なぞは真に貴重な資料であるが、ああいう文書の伝えられているものは割り合いに少なく、稀にあっても専門の歴史家が多くの日子を費やして、漸《ようや》くわずかに一つ二つを集め得るに過ぎない。はなはだしきは歴史上著名の人物であって、その正室の有無さえも分からず、母のあったことはたしかだとしても、彼女の素性や名前も知れない場合があることは、諸家の系譜を見る者の常に感ずるところであろう。実に日本の昔からの系図書きというものは、上は皇族から下々の家族のものに至るまで、男子の行動を伝えることは比較的詳《つまび》らかであるにかかわらず、女子の場合には単に「女子」もしくは「女」と記入してあるのみで、生まれた年も死んだ年も名前も書いてないことが普通だといっていいのである。すなわちわれわれの歴史には個々の男性はあるけれども、個々の女性というものはない。それは系図にある通り、永久に一人の「女子」――あるいは「女」なのである。

○

『源氏物語』に末摘花という巻がある。源氏のために恋の取り持ちをする大輔《たいふ》の命婦《みょうぶ》という女が、「心ばえ形など深きかたは得知りはべらず、かいひそめ、人疎うもてなしたまへば、さべき宵など、物越しにてぞ語らひ侍る、琴《きん》をぞなつかしき語らひ人と思ひ給へる」と、故常陸宮《ひたちのみや》の姫君のことを噂するので、ある秋の夜の二十日あまりの月の出る頃に、源氏が忍んで、荒れたる宿に世を侘《わ》びている姫君の許へ通うことになる。姫君はひたすら羞ずかしがっていたが、いろいろと命婦にすすめられると、[6]さすがに人のいうことは強うも否びぬ御心で、「先の云ふことを黙つて聞いてゐるだけで、返事をしないでもいゝのだつたら、格子を隔てゝ会ふことにしよう」と仰る。格子の外ではあまり失礼だからというので、命婦が源氏を一と間のうちへ入れ、襖《ふすま》を中に置いて会わせる。源氏には姫の姿は見えないが、「とかうそゝのかされて、ゐざり寄り給へるけはひ、忍びやかに、衣被《えび》の香《か》いとなつかしうかほり出で、おほどかなる」が感ぜられる。そして襖のこちらから源氏が何を語りかけても、姫からは一と言のいらえもない。

幾そたび君がしゞまに負けぬらむ
　ものな云ひそと云はぬたのみに

と、やがて源氏が口ずさむと、襖の内で附き添いの女房の侍従というのが、姫君に代わって答える。

鐘つきてとぢめんことはさすがにて
　いらへまうきぞかつはあやなき

こんな遣り取りがあってから、結局源氏は境の襖を押し開けて這入《はい》り、姫と契りを結ぶのであるが、やはり室内が暗いために相手の人柄は分からずにしまう。こうして源氏は長いあいだ姫君の顔を知らずに通っているうちに、ある雪の降る日の朝、[7]手ずから庭先の格子を上げて前栽《せんざい》の雪景色を眺めながら、「をかしきほどの空も見給へ、尽きせぬ御心の隔てこそわりなけれ」と恨みをいうと、お附きの老女たちも「はや出でさせたまへあぢきなし」とすすめるので、姫はようよう身づくろいをして、初めて明るみへいざり出る。

末摘花の場合には、この姫君の鼻のあたまの紅かったことがその時に分かって、さすがの源氏も興ざめがしたという滑稽談があるのだが、しかしそういう滑稽事件が成立するくらいであるから、相手の顔も知らないままに通いつづけるということが当時は普通であったと見える。第一、取り持ちをする大輔の命婦にしてからが、「心ばえ形など……得知りはべらず、……さべき宵など、物越しにてぞ語らひ侍る」というのだからまだ姫君の実物を見ず、恐らく几帳か何かを隔てて話したことがあるばかりで、「琴を弾くのを楽しみにしていらっしゃいます」と、たったそれだけの、心もとない口上である。こんな口上で取り持つ方も取り持つ方だが、それに釣られて出かけて行くのみか、正体もたしかめずにそのまま契りを重ねるというのは、今から見れば男の方もずいぶん物好き過ぎている。思うに個性ということを重んずる現代の男子であったら、ほんの一と夜の悪戯なら知らぬこと、そんな風にして真の恋愛を楽しむことが出来ようとは、夢にも考えられないであろう。が、前にもいうように、平安朝の貴族の間では、これが実に普通であった。女は文字通り「深窓の佳人」で、翠帳紅閨《すいちょうこうけい》の奥に垂れこめており、その上当時の採光の悪い家の中では、昼間でさえもうすぐらいのに、まして灯火の灯《ほ》かげの鈍い夜であっては、一と間のうちに鼻をつき合わせても容易に見分けが附かなかったことが想像せられる。つまりそういう暗い奥の方に、几帳だの御簾《みす》だのという幾重の帳《とばり》をすえて、そのかげにひっそり生きていたのであるから、男の感覚に触れる女というものは、ただ衣ずれの音であり、焚きしめた香の匂いであり、よほど接近したとしても、手さぐりの肌ざわりであり、丈なす髪の滝津瀬であったに過ぎない。

○

ここでちょっと余談になるが、もう十年あまり前、かつて私は今の北平《ペーピン》、当時の北京に滞在していて、夜《よる》を非常に真っ暗に感じたことがある。近頃はあの都にも市電が敷けたそうであるから、街通りもよほど明るく賑やかになったことであろうが、あの時分はまだ世界戦争の最中で、城外の色町や芝居町のような盛り場を除くほかは、日が暮れると実に真っ暗であった。表の大通りはそれでもいくらか明かりが洩《も》れているけれども、ちょっと横丁へ這入ったりすると、全く漆のような闇で、蛍ほどの灯も見えない。何分あの辺の邸町《やしき》というのは、高い土塀を囲《めぐ》らした、小さな城廓のような構えばかりで、門には厳重に一寸の隙間もなく板戸がしめてあり、その戸の中にはまた影壁という衝立《ついたて》のような塀があり、二重にも三重にも鎖《とざ》してあるのだから、家の中からは一点の灯影もこそという人声も洩れるではなく、無気味な廃墟のような壁が暗い中に黙然として続いている。その壁と壁との間の屈曲した狭い小路を、私は始め何気なく歩いていたが、どこまで行っても闇があまり濃く、あまり静かなので、間もなくいい知れぬ怖れを感じて、何かに追い立てられるように走って抜けたことがある。

けだし近代の都会人はほんとうの夜《よる》というものを知らない。いや、都会人でなくとも、この頃はかなり辺鄙な田舎の町にも鈴蘭灯《すずらんとう》が飾られる世の中だから、次第に闇の領分は駆逐せられて、人々は皆夜の暗黒というものを忘れてしまっている。私はその時北京の闇を歩きながら、これがほんとうの夜だったのだ、自分は長らく夜の暗さを忘れていたのだと、そう思った。そして自分が幼い折、覚つかない行灯《あんどん》の明かりの下で眠った頃の夜というものが、いかに凄まじく、わびしく、むくつけく、あじきないものであったかを想い起こして、不思議ななつかしさを感じたのであった。

少なくとも明治十年代に生まれた者は、その頃の東京の夜の街が丁度北京のそれと同じようであったことを覚えているだろう。私は茅場町《かやばちょう》の自分の家から蠣殻町《かきがらちょう》の親戚の家まで、鎧橋《よろいばし》を渡ってほんの五、六丁の距離を、しばしば弟と一緒に息せき切って夢中で走って行ったことを記憶している。無論その時分は、たとい下町のまん中でも女の一人歩きなどは、夜は出来るものでなかった。すでに十年前の北京、四十年前の東京がそんなふうであったとしたら、今から千年近くも前の京都の夜の暗さと静けさはどれほどであったろう。私はそこまで考えて来て、「ぬばたまの夜」という言葉や、「夜の黒髪」という言葉を思い合わせると、その頃の女というものに附きまとう、ある優婉《ゆうえん》な、神秘な感じを、はっきりと読み取ることが出来る。

○

「女」と「夜」は今も昔も附き物である。しかしながら現代の夜が太陽光線以上の眩惑《げんわく》と光彩とをもって女の裸体を隈《くま》なく照らし出すのに反して、古《いにし》えの夜は神秘な暗黒の帳をもって、垂れこめている女の姿をなおその上にも包んだのである。[8] かの渡邊綱《わたなべのつな》が戻橋で鬼女に逢ったり、頼光が土蜘蛛《つちぐも》の妖精に襲われたりしたのは、こういう凄《すさ》まじい夜であったことを念頭におく必要がある。「住の江の岸による波よるさへや夢のかよひぢ人めよくらん」といい、「いとせめて恋ひしきときはうばたまの夜のころもをかへしてぞぬる」といい、その他むかしの人の夜に関するくさぐさの歌も、そう考えてこそ始めて実感が湧いて来る。思うに古えの人の感じでは、昼と夜とは全く異なった二つの世界だったであろう。昼の明るさと夜の暗さ、まことに何というはなはだしい相違であることか。一と夜明ければ昨夜の物凄い暗黒の世界はたちまち千里の彼方《かなた》に去って、空は青々と晴れ、日はきらきらと輝くのである。その白日の光を仰ぎつつ昨夜のことを考えると、まことに夜というものはありとしもなき不思議な幻、何かこの世の外なるもののような気がする。「春の夜の夢ばかりなる手枕に」と和泉式部は歌ったが、果敢《はか》なくも短い夜のむつごとを回想すると、和泉式部でなくても「夢ばかりなる」感じがしたに違いない。

女は実にその常闇《とこやみ》の夜の奥に隠れていて、昼間は姿を見せることがなく、ただ「夢ばかりなる」世界にのみ幻影のごとく現れる。それは月光のように青白く、虫の音のようにかそけく、草葉の露のように脆《もろ》く、要するに、暗黒の自然界が生み出す凄艶《せいえん》なる魑魅《ちみ》の一つである。昔の男女が歌の贈答にしばしば恋を月にたとえたり露にたとえたりするのは、決してわれわれが考えるような軽い意味の比喩ではあるまい。きぬぎぬの朝、露に袂をしめらせながら庭前の草葉を蹈んで帰って行く男を思えば、露も、月も、虫の音も、恋も、その関係がはなはだ密接で、時には一つものようにも感じたであろう。人は『源氏物語』以下昔の小説に現れる婦人の性格がどれもこれも同じようで、個性が描かれていないことを攻撃するけれども、古えの男は婦人の個性に恋したのでもなく、ある特定の女の容貌美、肉体美に惹きつけられたのでもない。彼らにとっては、月が常に同じ月であるごとく、「女」も永遠にただ一人の「女」だったであろう。彼らは暗い中で、かすかなる声を聞き、衣の香を嗅ぎ、髪の毛に触れ、なまめかしい肌ざわりを手さぐりで感じ、しかも夜が明ければどこかへ消えてしまうところのそれらのものを、女だと思っていたであろう。

○

私はかつて、小説『蓼喰ふ虫』の中で、主人公の感想に託して文楽座の人形芝居のことを下のように記した。[9]——

……それを根気よく視つめてゐると、人形使ひもしまひには眼に入らなくなつて、小春は今や文五郎の手に抱かれてゐるフエアリーではなく、しつかり畳に腰を据ゑて生きてゐた。だがそれにしても、俳優が扮する感じとも違ふ。梅幸や福助のはいくら巧くても「梅幸だな」「福助だな」と云ふ気がするのに、此の小春は純粋に小春以外の何者でもない。俳優のやうな表情のないのが物足りないと云へば云ふものゝ、思ふに昔の遊里の女は芝居でやるやうな著しい喜怒哀楽を色に出しはしなかつたであらう。

元禄の時代に生きてゐた小春は恐らく「人形のやうな女」であつたらう。事実はさうでないとしても、兎に角浄瑠璃を聴きに来る人たちの夢みる小春は梅幸や福助のそれではなくて、此の人形の姿である。昔の人の理想とする美人は、容易に個性をあらはさない、慎しみ深い女であつたのに違ひないから、此の人形でいゝ訳なので、此れ以上に特長があつては寧ろ妨げになるかも知れない。昔の人は小春も梅川も三勝もおしゆんも皆同じ顔に考へてゐたかも知れない。つまり此の人形の小春こそ日本人の伝統の中にある「永遠女性」のおもかげではないのか。……

このことはひとり人形芝居についてばかりでなく、絵巻や浮世絵に描かれている美人を見てもまた同様な感じがする。時代により作者によって、美人の型にも幾分の変化はあるけれども、あの有名な隆能源氏《たかよしげんじ》以下の絵巻物にある美女の顔は、孰れもこれも同じであって、全く個人的特色がなく、平安朝の女というものは皆一つ顔をしていたのかと思うほどである。浮世絵においても、俳優の似顔絵は別として、少なくとも女の顔の関する限り、歌麿には歌麿の好んで描く顔、春信には春信の好きな顔というものはあるが、同一の画家は絶えず同じ顔ばかりを画いている。彼らの題材とする女の種類は、遊女、芸者、町娘、女房、その他さまざまであるけれども、いつも同じ顔に違った気附けや髪かたちを与えるに過ぎない。そうしてわれわれは、おのおのの画家が理想として描いた多くの美女の顔だちから、その孰れもに共通な典型的の「美人」を想像することが出来る。いうまでもなく昔の浮世絵の巨匠たちは、モデルに就いて個人的特色を見分ける力がなかったのでもなく、またそれを描き出す技術に欠けていたのでもない。恐らく彼らは、そういう個人的色彩を消してしまう方が、一層美的であり、それが絵かきのたしなみであると信じていたのであろう。

○

一般に東洋流の教育の方針というものは、西洋流とは反対に、出来るだけ個性を殺すことにあったのではないか。たとえば文学芸術にしても、われわれの理想とするところは前人未踏の新しき美を独創することにあるのでなく、古えの詩聖や歌聖が到り得た境地へ、自分も到達することにあった。文芸の極致——美というものは昔から唯一不変であって、歴代の詩人や歌人はその一つものを繰り返して歌い、何とかして頂上を極めようと努める。「分けのぼる麓の路は多くともおなじ高嶺の月を見るかな」という歌があるが、芭蕉の境地は要するに西行の境地であるごとく、時代に応じて文体や形式は違って来るけれども、目ざすところは結局ただ一つの「高嶺《たかね》の月」である。このことは文学よりも絵画——ことに南画を見ると分かる。南画のすぐれたものは、山水にしろ、竹石にしろ、個人によって技巧はいろいろに異なるとしても、そこから受ける一種の神韻——禅味というか、風韻というか、煙霞《えんか》の気というか、——とにかく悟道に達したような崇高な美の感じは常に同じであって、南画家の究極の目的は畢竟この気品を得るにある。南画家がしばしば自分の製作に題して、「誰々の筆意に倣《なら》ふ」という断り書きを附けるのは、すなわち己を空しゅうして前人の跡を蹈もうとするもので、そういうことから考えると、古来支那の絵に贋作が多く、かつ贋作を巧みにする者が多いのは、必ずしも人を欺《だま》そうとする意志からではないかも知れない。彼らにとって個人的功名などは問題でなく、ひたすら己を古人に合致させることが楽しいのかも知れない。その証拠にはニセモノといっても実に丹念な密画があって、そういうものを似せて画くには、その人自身によほどの手腕と、旺盛な製作熱がなければならず、慾得《よくとく》ずくではなかなかああまでに出来るものでない。すでに古人の美の境地を極めることが主眼であり、己を主張することが目的でない以上は、作者の名前など誰であってもいい訳である。

孔子は、政《まつりごと》を尭舜《ぎようしゅん》の古《いにし》えに復《かえ》すことを理想とし、しばしば「先王の道」を説いた。この、絶えず古えを模範とし、それに復帰しようとする傾向のあったことが、東洋人の進歩開発を妨げた所以であるが、善くも悪くも、われわれの祖先は皆その心がけで、倫理道徳の修養においても、自分を立てるというよりは、先哲の道を守ることを第一とした。特に女は、己を殺し、私の感情を去り、個人的長所を没却して、「貞女」の典型に充て嵌まるように努めたのではないかと思われる。

○

日本語に色気という言葉がある。これはちょっと西洋語に訳しようがない。近頃エリナ・グリンによって発明されたイットという言葉がアメリカから渡って来たけれども、色気とははなはだ意味が違う。映画で見るクララ・ボウのようなのは豊満なるイットの所有者であろうが、凡そ色気とは最も縁遠い女である。

昔はよく、家庭に舅《しゅうと》や姑《しゅうとめ》がいてくれた方が、かえって嫁に色気が出るといって、それを喜ぶ夫があった。今日の新郎新婦は、親たちがあっても大概別居してしまうから、ちょっとそういう心持ちは分かりかねるかも知れないが、嫁が親たちに遠慮しつつ、蔭で夫に縋《すが》りつき、愛撫を求めようとする——つつましやかな態度のうちに何となくそれが窺《うかが》われる——その様子に、多くの男はいい知れぬ魅惑を感じた。放縦で露骨なのよりも、内部に抑えつけられた愛情が、包もうとしても包み切れないで、ときどき無意識に、言葉づかいやしぐさの端に現れるのが、一層男の心を惹いた。色気というのはけだしそういう愛情のニュアンスである。その表現が、ほのかな、弱々しいニュアンス以上に出て、積極的になればなるほど「色気がない」とされたのである。

色気は本来無意識のものであるから、生まれつきそれが備わった人と、そうでない人とがあって、柄にない者がいくら色気を出そうと努めても、ただいやらしく不自然になるばかりである。器量がよくって色気のない人もあれば、その反対に、顔は醜いが、声音とか、皮膚の色とか、体つきとかに、不思議に色気のある人がある。西洋でも一人一人の女に就いて見ればそういう区別はあるに違いないけれども、化粧法や愛情の表現法があまり技巧的であり、挑発的であるために、色気の効果が消されてしまっている場合が多い。

生まれつき色気のある人はもちろん、たといそれが乏しい人でも、心の奥にある愛情――あるいは慾情――を、出来るだけ包み隠して、一層奥の方へ押し込んでしまおうとする時に、かえってその心持ちが一種の風情を帯びて現れる。そういう点から考えると、女子を儒教的に、武士道的に教育すること、――すなわち女大学流の貞女を作るということは、半面において、最も色気のある婦人を作ることだったのである。

○

東洋の婦人は、姿態の美、骨格の美において西洋に劣るけれども、皮膚の美しさ、肌理《きめ》の細かさにおいては彼らに優っているといわれる。これは私の浅い経験でもそう思われるのみならず、多くの通人の一致した意見であり、西洋人でも同感する者が少なくないが、私は実はもう一歩進めて、手ざわりの快感においても、（少なくともわれわれ日本人にとっては、）東洋の女が西洋に優っているといいたい。西洋の婦人の肉体は、色つやといい、釣り合いといい、遠く眺める時ははなはだ魅惑的であるけれども、近く寄ると、肌理《きめ》が粗く、うぶ毛がぼうぼうと生えていたりして、案外お座が覚めることがある。それに、見たところでは四肢がスッキリしているから、いかにも日本人の喜ぶ堅太りのように思えるのだが、実際に手足を摑《つか》んでみると、肉附きが非常に柔らかで、ぶくぶくしていて、手応えがなく、きゅっと引き締まった、充実した感じが来ない。

つまり男の側からいうと、西洋の婦人は抱擁するよりも、よく多く見るに適したものであり、東洋の婦人はその反対であるといえる。私の知っている限りでは、皮膚の滑かさ、肌理の細かさは支那婦人をもって第一とするが、日本人の肌も西洋人のそれに比べれば遥かにデリケートであって、色は白皙《はくせき》でないとしても、ある場合にはその浅黄色を帯びたのがかえって深みを増し、含蓄を添える。これは畢竟、『源氏物語』の古えから徳川時代に至るまでの習慣として、日本の男子は婦人の全身の姿を明るみでまざまざと眺める機会を与えられたことがなく、いつも蘭灯《らんとう》ほのぐらき閨《ねや》のうちに、ほんの一部ばかりを手ざわりで愛撫したことから、自然に発達した結果であると考えられる。

○

クララ・ボウ流の「イット」と、女大学流の「色気」と、孰方《どちら》がいいかは人の好き好きに任せておくべきことだけれども、しかし私《ひそ》かに心配するのは、今日のようなアメリカ式露出狂時代、――レビューが流行して女の裸体がいっこう珍しくも何ともない時代になっては、イットの魅力はだんだん失われていきはしないか。どんな美人でも素っ裸になる以上にムキ出しになることは出来ないのだから、裸体に対して皆が鈍感になってしまえば、折角のイットも結局人を挑発しないようになるであろう。

『倚松庵随筆《いしょうあんずいひつ》』(昭和七年四月刊)頭注

1　蛾眉山月半輪の秋
　影は平羌江水に入つて流る
　夜清渓を発して三峡に向ふ

君を思うて見ず渝州を下る

2　西洋人でも奈良の古美術を紹介したり芳崖《ほうがい》や雅邦《がほう》を発見したフェノロサのような人は別である。

3　刑部卿敦兼は、みめの世にもにくさげなる人なりけり。その北の方は、花やかなる人なりけるが、五節を見侍りけるに、とり〴〵に、花やかなる人々のあるを見るにつけても、まづ我男のわろきを、心うく覚けり。家にかへりて、すべて物をだにもいはず、目をも見合はず、打ちそばむきてあれば、しばしは何事の出できたるぞやと、心もえず思ひ居たるに、次第にいとひまさりてかたはらいたき程なり。ある日刑部卿出仕して、夜に入りて帰りたりけるに、出居に火をだにもともさず、装束はぬぎたれども、たゝむ人もなかりけり。女房どもゝ、皆御前のまびきに随ひて、さし出づる人もなかりければ、せむ方なくて車寄の妻戸をおしあけて、一人ながめ居たるに、更闌け、夜しづかにて、月のひかり風の音、物ごとに身にしみわたりて人のうらめしさも、とりそへておぼえけるまゝに、心をすまして、篳篥を取り出でて、時のねにとりすまして、

　ませのうちなる白ぎくも
　うつろふみるこそあはれなれ
　我らがかよひて見し人も
　かくしつつこそかれにしか

とくりかへし謡ひけるを、北の方聞きて心はやなほりにけり。それより殊に、なから

ひめでたくなりにけるとかや。優なる北の方の心なるべし。――古今著聞集

4 今昔物語にはこのほかにもまだ女賊の記事が多い。故芥川龍之介の小説「偸盗《ちゅうとう》」というものは、やはり今昔からヒントを得て王朝時代の女賊を主人公にしている。

5 本文の続きに曰く、

「其後は兎も角もと存じ候て、或夜思立ち、さして結構するとは覚えず候ひしかども、けてうに出立ちて、若党三人召具して、案内者を以て夜更方に二条殿の御所へ参りて候へば、きやうがる座敷を、屏風唐絵にて飾り、同じ程の女房達四五人、華やかに出立たせ給ひてありし所へ入りぬ。さて各酒二三献過ぎて後は、茶、香の遊、様々に候ひしなり。ただ一目見申せし事なれば、何れが尾上殿にて御渡り候やらん、何れも〱美しく御入り候程に、迷惑仕候所に、聞召したる御盃を持ち乍ら、我身が候ひし所、近々と差寄らせ給ひて、人一人隔て候て、御おもひさし候時こそ、これが尾上殿よと心得て、御盃給はり候。さて夜も明方になりしかば、八声の鳥も告渡り、寺々の鐘も、きぬぎぬの分れを催し、行方久しく契り置き、女房又夜深きに帰り給ふ。寝乱れ髪の隙よりも、華やかなるかほばせ、緑の黛、丹華の唇、誠に睦しき御姿にて、縁へ立でさせ給ひ、一首かくこそ遊ばし候ひしぞや。

　ならはずよたまにあひぬる人故に今朝はおきつる袖の白露

返し、

　こひえてはあふ夜の袖の白露を君が形見につゝみてぞ置く

さて其後は、御所へ参り候。又身が宿へも忍びて、時々御入候ひし事なれば云々。」

これで見ると、逢い初めてからは、さすがに最初の覚悟にも似ず、しばらく関係がつづくことになるが、結局この女が間もなく盗賊に殺されるので、武士はいよいよ世をはかなみ出家をするという筋であってやはり全体は淡い恋物語である。

6 「さすがに人のいふことは、つようもいなびぬ御心にて、いらへきこえで、ただきけとあらば、かうしなどさしてはありなんとの給ふ。」――原文。

7 「かうし手づからあげ給て、まへの前栽の雪をみ給ふ、ふみあけたる跡もなく、はるぐ〵とあれわたりて、いみじうさびしげなるに、ふり出てゆかんこともあはれにて、をかしきほどのそらもみたまへ、つきせぬ御こゝろのへだてこそわりなけれと、うらみきこえ給ふ、まだほのぐらけれど、ゆきの光に、いとどきよらにわかうみえ給ふを、老人どもゑみさかえてみ奉る、はや出させたまへ、あぢきなし、心うつくしきこそなどをしへ聞ゆれば、さすがに人のきこゆることをえいなひ給はぬ御こゝろにて、とかう引つくろひてゐさり出給へり。」――原文。

8 拾芥抄《しゅうがいしょう》 諸頌の部を見ると、昔の人が夜間恐い物に遇った時に唱える呪文だの歌だのが挙げてある。まず夢を見た時は、

悪夢著草木
吉夢成宝玉

と、桑の樹の下へ来て、その夢を樹に物語って、三反この文句を誦《しょう》する。または東に

向かって水を灑《そそ》ぎ、

南無功徳須弥厳王如来

と、二十一反繰り返す。あるいは、

唐国ノソノ、ミタケニ鳴ク鹿モチカエヲスレハユルサレニケリ

と、歌を吟ずる。夜路で死人に逢った時の歌は、

タマヤタカヨミチ我レ行クオホチタラチタラマチタラ黄金チリチリ

人魂を見た時の歌は、

玉ハ見ツ主ハタレトモシラネトモ結ヒ留メツシタカヱノツマ

といいながら、男は左、女は右のしたかいの褄《つま》を結ぶ。鵺《ぬえ》が鳴いた時の歌は、

コミチ鳥ワカカキモトニ鳴キツナリ人マテ聞キツユクタマモアラシ

志々虫が鳴いた時の歌は、

シシ虫ハココニハナナキソシラハ、カシツカヤニユキテナキヲレ

また夜路を行く時は左の手の掌《てのひら》に「鬼」の字を書いて行くことを記している。

9

改造社発行「蓼喰ふ虫」第四十五頁、四十六頁参照。

（「婦人公論」昭和六年四月号）

夏日小品

更紗

更紗《さらさ》の価ばかりは著しく安いのと高いのとがあって、くろうとにも分からぬ物があるという。頃日《けいじつ》、予は妻子を日本橋の父の許《もと》に預け、小石川の家を一箇のビューローとしたに就いて、室内を洋風に改むるのに更紗の帷《とばり》が欲しくなった。そして、予の大好きな露西亜《ロシア》更紗を買おうかと思っていたら、戦争のために品物が払底で、あまり気に入った柄がない。ところへ折よく遊びに来た友人の上山草人《かみやまそうじん》氏が、一種不思議な更紗の角帯をしめている。尋ねてみると、これは日本には売っていない南洋の瓜哇《ジャワ》更紗ですといって、得意そうに腹の上を叩いている。

ある日、銀座通りへ散歩に出かけると、その珍しい瓜哇更紗が資生堂の化粧品部に陳列されていた。一枚が三尺に五尺ほどの大いさで、三、四円から三、四十円まであるそうな。予はいろいろの柄を展《ひろ》げて眺めたが、孰《ど》れもこれも怪しく美しく、見るからに垂涎《すいぜん》三尺の品ばかりであった。散々迷い抜いた末に、結局懐と相談して、一番安いのを二枚買って来た。そうしてそれを、応接間の花壇に面する硝子戸《ガラスど》の前にかけた。予の喜びは非常であった。

宝石

どう考えても宝石は夏の物である。あれはやっぱり、かんざしや根がけにすべきでなく、腕輪とか指輪とか首飾りとかにすべきであろう。凡《およ》そ金属宝石の類は、人間の皮膚にぴったりと附着させる方が、互いに色彩の美しさを映発するように、予は感ずる。印度《インド》の婦人は真鍮《しんちゅう》や南京玉を手頸《てくび》や足頸《あしくび》へガチャガチャと附けているそうだが、日本の女の、徒《いたずら》に高価な翡翠《ひすい》の根がけを懸けているのより、どれほど妖艶だろうかと思う。ことに噴飯に堪えないのは、長い袂《たもと》の和服を着ながら、腕輪を嵌《は》めた女を見ることである。日本の婦人が盛んに宝石を利用するには、まず服装から改めなければならないだろう。

西洋の小説によく出て来るTurquoiseというのは、日本でいう土耳古石《トルコいし》のことであろうか。予はあの石が好きであるが、日本の女には到底うつらない。黄色もしくは黒色の皮膚を持った支那人《シナ》・印度人などが、あれを耳環《みみわ》にでもしたならばさぞかしと思われる。

日本の女の指の色には、アクアマリンが最も適しい。色が淡く光が柔らかで、露の一滴がしたたり落ちているように見える。ダイヤモンドは光芒《こうぼう》が強くて潤いに乏しい。真珠や、ルビーや、エメラルドや、細かな石をコテコテと集めたのなども感心しない。一番嫌なのはサフィアである。

露西亜で出来る宝石で、日中は紫に夜は紅に、そのほか太陽の光線の加減で七色に変わるアレキサンドリアというのがある。皇后アレキサンドリアが好まれたのでこの名があるという。予が友人では上山氏と笹沼氏*二とが持っている。満鉄の友人大塚氏が、予のネクタイピンの料に、ハルピンで買って送ってくれるという話だが、しかしいまだに到着しない。

香

香もまで夏の物ではなかろうか。

静かなる真夏の午後、行水をつかって、汗のとれた爽やかな肌に浴衣を纏《まと》うて、書斎の椅子にぐったりと凭《もた》れ、甘い柔らかい香のかおりを聴きながら、うつらうつらと午睡の夢を結ぶ時、何となく自分の魂は遠い芳《かんば》しい空想の国へ翔《かけ》って行くような心地がする。酒は人間の肉体を酔わせ、香は人間の魂を酔わせる。

白檀《びゃくだん》、沈香《じんこう》などはどこがいいのか予にはわからない。予は最も伽羅《きゃら》を愛する。

昔の遊君は伽羅を肌にたきしめたというが、いかさまそれにふさわしい香料である。

伽羅で想い出すのは、京都の名妓《めいぎ》で、今は茶屋の女将になっているお多佳さんのことである。彼女は俳諧《はいかい》をよくし、国文に通じ、一中節の名人であった。予は先年祇園《ぎおん》に遊び、ある人に紹介されて彼女の寓居《ぐうきょ》を訪れたが、格子をあけるとまず馥郁《ふくいく》たる伽羅の薫りが鼻を襲った。いにしえの泉殿のように、白川のせせらぎに臨んで築かれた彼女の居間に通されるまで、芳しい香気は絶えまなくにおい、広くもあらぬ家の中に充満して、黒光りのする柱にも板の間にも沁《し》みついているようであった。

その後、彼女と連れ立って宇治の浮舟園に行き、平等院のほとりの土手を逍遥《しょうよう》したのは、新緑の五月の夕ぐれであった。蒸し蒸しと堤上に掩《おお》い拡《ひろ》がる青葉の匂いと、彼女の衣服に焚き込んである濃厚な伽羅の香が、涼しい夕風にあふられて、咽《む》せ返るように予の顔へ降りかかった。それ以来、伽羅のかおりは予にとって忘れ難い、なまめかしい印象をとどめている。

蕗《ふき》を醬油と砂糖と唐辛とで佃煮《つくだに》のように鹹《から》く煮たのを、世間では伽羅蕗という。予が按《あん》ずるのに、あれは伽羅蕗を煮る時の香が、伽羅の薫に似通っているためではあるまいか。予が始めてお多佳さんの家へ行った時、実は台所で伽羅蕗を煮ているのだろうと思ったくらいである。

（初出未詳　一部抜粋）

にくまれ口

私の小説「鍵《かぎ》」を英語に訳して下すったハワード・ヒベットさんはハーバード大学で日本文学を教えておられるが、去年の秋から御夫婦で日本に遊びに来られて今年いっぱいくらいは滞在しておられるという。「鍵」の英文はなかなかの名訳だという評判で、私はつとに氏の名を耳にしていたが、お目にかかったのは今度が初めてであった。ところでその時のことであるが、談話がたまたま『源氏物語』に及んだ時、アメリカの学生は一般に光源氏よりも女主人公の紫の上を愛している、光源氏はあまり好かれていないらしいとヒベットさんは言った。女性を尊重する国のことであるから、自然女の方の味方をする人が多いのかも知れないが、われわれ日本人はどうであろうか。日本の源氏愛読者を男女両性に区別してみると、少なくとも現代では、やはりアメリカの読者と同じような結果になるのではなかろうか。

私が初めて源氏を読んだのは中学校の四、五年生頃、まだ与謝野《よさの》夫人の現代語訳も出ていなかった時分ではなかったかと思うが、それでも分からないながら『湖月抄』の注釈を頼りにして読んだ。もちろん最初は終わりまで通読する根気はなかった。何度か通読しようとしては中途で放擲《ほうてき》し、ようよう兎《と》も角も読み終えることが出来たのは一高時代であったと記憶する。しかし「帚木《ははきぎ》」の終わりの方で、源氏が空蟬《うつせみ》の閨《ねや》に忍び込むところは最初に読んだ時から少なからず動かされた。ああいうきわどい場面を、あれまでに艶《つや》っぽく、そうして品よく描写することができるのは、たいした手腕であると思った。が、あの場面で、源氏が空蟬を口説く言葉にこういう文句がある。――

「あまり突然のことですから、ふとした出来心のようにお思いになるのも道理ですが、年ごろ思いつづけていました胸のうちも聞いていただきたくて、こういう折をようよう攫《つか》えましたのも、決して浅い縁《えにし》ではないと思って下さいまし」（以下「源氏」は私の「新々訳」による）

この空蟬という女は源氏よりはずっと地位の低いある地方官の妻で、主人は田舎に出張しており、自分だけ京都の家に来ているところへ、源氏が偶然方違《かたたが》えのために泊めて貰《もら》いに来ている折の出来事なのである。源氏は前からこの空蟬という女を知っていた訳ではない。名前ぐらいは知っていたかもしれないが、夫を田舎に置いて、自分だけ京都に来ていることも、今この家に寝ていることも、ここへ来てみて初めて知ったに過ぎない。彼が空蟬を評して「格別すぐれているという点はないが、見苦しからずもてなしていた様子などは、中の品とすべきであろうか」と言っているのを見ると、非常な美人というのではないらしいのだが、それでいて妙に色気のある女のように描かれているのはさすがである。源氏の年齢は当時十六、七歳である。いかに地位の高い身だからといって、夫のある女の閨を襲って我が物にするとは乱暴であるが、それよりも「あまり突然のことですから云々年頃思いつづけていました胸のうちも聞いていただきたくて」こういう折を摑《つか》まえたのです、決して浅い縁《えにし》とは思わないで下さいと言っているのはどうであろうか。こんな言葉は女を口説く常套語《じょうとうご》であるが、高貴に育った、いまだ世馴れないはずの青年の言葉として、あまりいい感じを持つ訳に行かない。あの頃の青年は今の人よりませていたかもしれないが、こんな出まかせの嘘が咄嗟《とっさ》の間に口から出るのでは、何となく年に似合わぬ擦れっからしの若者という感じがする。空蟬ばかりか、空蟬と間違えて不思議な縁を結ぶことになった軒端の荻《おぎ》にまで、小君を使いにして「死ぬほど焦《こ》がれている私の心がお分かりでしょうか」と言ってやったり、「ほのかにも軒端の荻をむすばずば」の歌を丈の高い荻に結いつけて「こっそり持って行け」と言ってやったり、もしあやまって、彼女の夫の少将が見つけて私であったことを悟ったとしても、まさか許してくれるであろうと言ったりしている。

亭主に知れてもこちらの地位が地位であるから大したことはあるまいとたかをくっている「己惚《うぬぼれ》のお心こそ、何とも申しあげようもありません」と作者は書いているが、まことにその通りである。

こういう恋のいたずらは若い時分には誰にもありがちのことであるし、まして源氏のような貴族の青年であってみれば仕方のないことであるから、それだけならば深く咎《とが》めるにも及ばないかも知れないが、源氏の場合は当時別に大切な人を心に思っていたはずである。同じ「帚木」の巻に、源氏が隣の部屋から源氏の噂をする人々の話し声を洩《も》れ聞くところで、「君は恋しいお方のことばかりが心にかかっていらっしゃるので、まずどきりとして、かような折に人がその噂を言い出したりするのを、ひょっと自分が聞きつけでもしたら……」という一節がある。藤壺《ふじつぼ》と源氏との関係はいつごろからかはっきりしないが、ここにいう恋しいお方とは藤壺を指しているのであろう。そういうお方のことばかりが心に懸かっているという一方で、空蟬や軒端の荻や夕顔などに手を出すというのからして理解しかねるが、それはまあ許すとしても、ほんの偶然のめぐり合わせでゆくりなく縁を結んだ女どもを捉えて、「年頃思いつづけていました」とか、「死ぬほど焦がれていた」とかいうようなお上手を言うのは許し難い。いかに時代が違うからといって、藤壺のような重大な女性を恋しながら、ふとした出来心で興味を持っただけに過ぎない通りすがりの女に向かって、いとも簡単にあなたを思いつづけていたとか、死ぬほど焦がれていたとか、言う気になれるものであろうか。そんなことが冗談にも言えるとすれば、それは藤壺というものをはなはだしく侮辱することになる。『源氏物語』の作者は光源氏をこの上もなく贔屓《ひいき》にして、理想的の男性に仕立て上げているつもりらしいが、どうも源氏という男にはこういう変に如才のないところのあるのが私には気に喰《く》わない。

○

源氏の君は本妻の葵《あおい》の上とは性が合わなかったらしい。「何だかこちらが気が引けるくらいとり澄ましているのが物足りない」と、正直のことを言っている。しかし葵の上の周囲には、中納言の君だとか中務《なかつかさ》だとかいう「すぐれて美しい若い」女房たちが仕えているのだが、こういう女たちには平気で冗談などを言っている。冗談だけでなく、足腰をもませたり、時にはそれ以上のことを行って、これらの女房たちを喜ばすこともあったらしい。

六条御息所《ろくじょうのみやすどころ》との関係はいつ頃からのことか、これも葵の上に劣らないほど因縁の深い間柄であったらしいが、「夕顔」の巻に、

中将という女房が、御格子《みこうし》を一間《ひとま》上げて、見送ってお上げ遊ばせという心持で御几帳《みきちょう》

を引き上げましたので、女君（六条御息所）は頭をもたげておもての方を御覧になります。と、前栽《せんざい》の草花《くさばな》の色とりどりに咲き乱れている風情を、見過しかねて佇《たたず》んでいらっしゃる御様子が、全く類《たぐい》がありません。そのまま廊《ろう》の方へおいでになりますので、中将の君がお供します。これは紫苑色《しおんいろ》の衣《きぬ》の、季節にふさわしいのを着て、羅の裳《うすものも》をあざやかに引き結んだ腰つきが、たおやかになまめいているのです。君は振り返って御覧になって、隅《すみ》の間《ま》の勾欄《こうらん》の下《もと》にしばらくお引き据《す》えになります。用心深くもてなしている体《からだ》のこなし、髪の垂れ具合などを、眼の覚めるようなと、感心して見ていらっしゃいます。

「さく花に移るてふ名はつつめども
　折らで過ぎうき今朝《けさ》の朝顔

どうしたらよかろう」と、手をお取りになりますと、馴れたもので、すぐ口早《くちばや》に、

　朝霧のはれまも待たぬけしきにて
　花に心をとめぬとぞみる

と、わざと主人《しゅじん》の事にして申し上げます。

という一節がある。するとこの中将という女房も、葵の上の女房たちと同じように扱われ

ていたらしい。「折らで過ぎうき今朝の朝顔」と源氏が言って、彼女を勾欄に引きすえてしばらく躊躇していると、女の方は心得たもので「花に心を留めぬとぞ見る」と、朝顔を御息所のことにして上手にその場を外してしまう。御息所の見ている前でさえ、こういう所作を演じるのである。恋人であろうが、ほんのゆきずりの女であろうが、誰を摑まえてもこんな冗談をするのが源氏の癖である。そんな風にされて喜んでいる女房も女房なら、御息所も御息所である。

○

『源氏物語』は勧善懲悪を目的にして書いたものではない、物のあわれということを主にして書いた読み物であるから、儒学者の言うような是非善悪の区別をもって臨むのは間違いである、物語の中の人物の善し悪しは自ら別で、儒者心をもって測ってはいけない、という本居《もとおり》翁の説は卓見であるとは思う。しかし今挙げたような上手口を叩く男は今の世にも沢山いて、どういう物指をもって測っても、感心する訳には行かない。自分の父であり、一国の王者である人の恋人と密通しているということは、「物のあわれ」という眼から見れば同情できるでもあろう、まあそこまでは許せるとしても、そういうものがある一方で簡単に別の情婦をこしらえたり、その情婦に甘い言葉をかけたりするということは、どうも許せない気がする。私はフェミニストであるから、余計そういう気がするので、これらの男女の関係が逆であったら、それほどにも思わないのかも知れないが、「源氏」を読んで、いつも厭《いや》な気がするのはこの点である。

このほかにも朧月夜《おぼろづきよ》の内侍《ないし》という女性がいる。この女性も源氏の腹違いの兄である人の思い者、そしてこの兄もまた父の跡を継いで王者となった人であるが、源氏はこの女性とも不義をしている。その不義の現状を彼女の父の右大臣に発見されるところで、作者はこんな書き方をしている。

……(右大臣は) ひょいと気軽にはいっていらしって、御簾《みす》をお引き上げになりながら、「昨夜はどうでした。えらいお天気だったので、心配しながらつい参らずにしまいました。中将や宮の亮《すけ》などはお側《そば》におったことでしょうね」などとおっしゃいますのが、早口で、軽率なのを、大将の君(源氏)はこんな際《きわ》どい場合ですが、ふと左大臣と比較するお気におなりなされて、言いようもなくおかしくお感じになります。本当に、中へすっかりおはいりなされてから仰せになったらいいでしょうに。

源氏贔屓の紫式部は、ここでも不義者源氏の方の味方をして、父の右大臣は軽率であるとか、中へすっかり這入《はい》ってから話しても済むことだなどと、言わないでもいい憎まれ口を利いている。そしてこの事件が発端となって源氏は須磨《すま》へ流される。
可笑《おか》しなことには、源氏は須磨へ流されてからも次のような歌を詠んでいる。

雲近く飛びかふたづも空に見よ
　われは春日《はるび》のくもりなき身ぞ

また

八百万神《やほよろづ》もあはれと思ふらん
　をかせる罪のそれとなければ

「自分は春の日の日光のようにくもりのない身である」とか、「自分はこれという犯した罪もない身であるから、八百万の神々も定めし可哀そうと思ってくれるであろう」とか言っているのは、本心でそう思っているのか知らん？　それともこの場合、明石の入道や明石の上の手前を慮《おもんぱか》って口を拭《ぬぐ》っているのか知らん？　前者だとすれば随分虫のいい男だし、後者だとすればしらじらしいにもほどがある、と言いたくなる。我が身の過去を振り返ってみれば、「犯せる罪のそれとなければ」などという言葉が言えたものではないはずである。いや、そう言えば、もう人界の人ではなく、天に帰っておられるはずの桐壺帝《きりつぼ》までが、次男坊の源氏の罪を責めないで、次男坊に勝手な真似をされた長男の朱雀院《すざく》の方を、夢に現れて叱ったりされている。

源氏の身辺について、こういう風に意地悪くあら捜しをしだしたら際限がないが、要するに作者の紫式部があまり源氏の肩を持ち過ぎているのが、物語の中に出てくる神様までが源氏に遠慮して、依怙《えこ》贔屓《ひいき》をしているらしいのが、ちょっと小癪《こしやく》にさわるのである。

○

それならお前は『源氏物語』が嫌いなのか、嫌いならなぜ現代語訳をしたのか、と、そういう質問が出そうであるが、私はあの物語の中に出てくる源氏という人間は好きになれないし、源氏の肩ばかり持っている紫式部には反感を抱かざるを得ないが、あの物語を全体として見て、やはりその偉大さを認めない訳には行かない。昔からいろいろの物語があるけれども、あの物語に及ぶものはない、あの物語ばかりは読む度毎に新しい感じがして、読む度毎に感心するという本居翁の賛辞に私も全く同感である。

昔鷗外《おうがい》先生は「源氏」を一種の悪文であるかのように言われたが、思うに「源氏」の文章は最も鷗外先生の性に合わない性質のものだったのであろう。一語一語明確で、無駄がなく、ピシリピシリと象眼をはめ込むように書いていく鷗外先生のあの書き方は、全く「源氏」の書き方と反対であったと言える。

（「婦人公論」昭和四十年九月号）

老いのくりこと

昭和も明ければ三十年に達し、干支《えと》は乙未《きのとひつじ》になる。今から六十年前の乙未は日清戦争の終わった年で、明治二十八年であるから、ちょうど私が十歳の時に当たる。思えば私も随分生きて来たものである。十歳の当時はその頃の日本橋区、今の中央区の蠣殼町《かきがらちょう》か茅場町《かやばちょう》か、どちらかの家に住んでいたはずで、今の兜町《かぶとちょう》、その頃の坂本町の阪本小学校に通っていたのだが、それから六十年を経た現在の私は、図らずも大阪生まれの人を妻や娘に持ち、京都や熱海《あたみ》に家を構えている訳である。今から二年前の壬辰《みずのえたつ》の元日の朝に、「六十とせに七つ加へて七草のなづなの粥を祝ふ春かな、妻いもうと娘花嫁われを囲む壬辰の元日の朝」と歌ったが、その後孫がまた一人出来て家庭は一層賑《にぎ》やかになった。しかし私は、その壬辰の春の四月から大患にかかり、一、二年の間は時々寝たり起きたりしつつ辛うじて危機を脱したけれども、もはや再び昔日《せきじつ》の気魄《きはく》と体力とは戻って来ないようになった。「もうすっかり昔と変わらなくなりましたね」と人々はいってくれるけれども、自分は老いの僻《ひが》みでも何でもなく、自分の体のことは自分が誰よりもよく知っていると思っている。

ただ老後には老後にふさわしい、老人でなければ企てられない仕事もあるので、病弱になったからといって必ずしも悲観してはいないし、無聊《ぶりょう》に苦しんでもいない。

○

年ふればよはひは老いぬしかはあれど花をし見れば物思ひもなし。これは誰でも知っている文徳《もんとく》天皇の皇后染殿の后の父親、太政大臣《だいじょうだいじん》藤原良房《ふじわらのよしふさ》の詠である。別に秀歌というほどのものでもないが、古くから有名になっているせいか、私も何となくこの歌が好きである。それは、「染殿の后のお前に、花瓶に桜の花をさゝせ給へるを見て詠《よ》める」という詞書《ことばがき》によって、高齢に達した白髪の大臣の、この時の光景が眼前に浮かぶからである。「花をし見れば」とは瓶裡《へいり》の花のことであるが、その桜の花と妍《けん》を競う若い美しい皇后のことでもあって、その二つを並べて見ながら「もう己はいつ死んでも心残りはない」と、春の光がうらうらと射し込む屏風《びょうぶ》の前か何かに坐して、恍惚《こうこつ》としている年寄りの心境がまことによく窺《うかが》われる。何でもない歌のようであって、桜の花の美しさと后の美しさと、それを眺めて満足し切っている老翁の姿が不思議なくらいはっきりして来て、その花の枝ぶりや色彩、花瓶の形や模様、皇后の顔だちや衣装、良房の風貌までが想像されるようである。現代の人間では、天皇や宮殿下であってもとてもこういうのんびりとした幸福に浸《ひた》ることは出来ない。日本の遠い過去の宮廷生活の一場面に、こんな悠々とした情景の時代があったということさえが、ほんとうに夢のようである。今は昔に比べて平均年齢が延びて来て、七十歳、八十歳という高齢者もそう珍しくないようになったが、しかし日常生活の何も彼《か》もが、日一日と若い人々には便利に、老人には不便になっていきつつある。早い話が街のゴーストップの信号を見ても分かる。われわれはあの赤から青になる時間を、もう数秒でも長くして貰《もら》えないものかと思う。途中に中の島のあるところはよいが、老人にはあれだけの時間内に向こう側へ渡り着くのが精一杯である。大勢の通行人の間を揉まれながら、出来るだけ一直線に、脇見をせずに、歩くという一点に全精神を集注して渡らなければならない。汽車の停車時間にしてもそうである。特急のハトだと京都や熱海では二分しか停まらない。あれでは少し荷物が多いと、年寄り一人の場合にはどうしようもない。新聞の字の大きさがだんだん小さく、寸詰まりになり、行数が殖えて来たことも辛い。私は高血圧で目まいを起こしてから、視力が頓《とみ》に鈍くなったので、それでなくても物を読む速力が遅くなったが、分けても今の新聞は読みにくい。間違えて同じ行を二度読んだり、一行飛ばしてしまったりする。昔鷗外が母に読んで貰うためにといって、即興詩人の翻訳を四号活字で組んだことがあったのを、今更のように思い出すのである。

○

妻と一緒に満員の電車やバスに乗ると、若い人が立って席を譲ってくれる。妻は私より実際は十五、六歳、見たところは二十歳以上も若い感じがするので、私は当然婦人をいたわる心から妻に譲ってくれたことと思っていると、豈図《あにはか》らんや私という老人に示した好意なのである。（私の顔を写真で知っていて、そうしてくれる人の場合は別である）六十二、三歳ぐらいの頃までは、そんな老人扱いをされたことがはなはだ不服で、自分は掛けずに妻を掛けさせたものであったが、近頃は初めから自分のためであることを知り、老人で甘んじるようになった。また、方々に座席が空いている時に、たまたま若い女が乗って来て、ひとわたり車内を見廻した上で、わざわざ私の隣へやって来て腰をおろす場合がある。これは明らかに老人の傍に掛けるのが一番安全と思うからなので、昔は「人を馬鹿にしてやがる」と心中平かでなかったものだが、今では「これも老人の一徳」と、美人が隣に坐ってくれるのを歓迎するようになった。それでもいまだに少しでも若く見られたいという浅ましい慾もないことはないので、散歩をする時はなるべく洋服を着るようにしている。（妻は私が病気をしてからは、一人で出歩くのを危ながって、自分が附いて来なければ必ず誰かを附けて来させる）たしかに洋服だと二つや三つは若くは見えるので、当人は大いに颯爽《さっそう》としたつもりでいるが、見っともないのは、知らない間に水洟《みずはな》を滴《た》らしていることがある。
ある時、といってももう四、五年も前のこと、秋の末のカラリと晴れたうすら寒い日の午後に、小学校時代の旧友である偕楽園《かいらくえん》の笹沼が東京から訪ねて来て、今は亡くなったもう一人の友人と三人で宮川町へ飲みに行ったことがあった。そして帰りがけに渡り廊下を通りかかると、廊下の横に便所があったので、私がそこの戸を開けたままで用を足していると、後から笹沼が這入《はい》って来て、ちょいと私の肩を小突いて、「おい、洟が出ているよ」と、小声で注意してすうっと出て行った。と、私は何か、六十年にもなる古い友達の親切が身にしみたような、嬉しいような、佗びしいような、ああお互いに歳を取ったもんだなあといいたいような気持ちにさせられて、そっと袂《たもと》からハンケチを出して洟を拭《ぬぐ》った。

〇

これは人づてに聞いたのだから真疑のほどは分からないが、荷風《かふう》先生は気に入った映画があると二度見ることにしているという。それは、恐らくそうしないと老人の眼には兎角《とかく》見落としがあって、面白味が十分に呑《の》み込めないでしまうことがあるからではないかと思う。（そういう理由でなかったとしたら御免下さい）荷風先生は私より六、七歳も年長でありながら、元気で矍鑠《かくしゃく》としている点では私など遠く及ばないのだが、やっぱり歳は争われないのであろうか。そういう私などは、もう十何年も前から映画ではことにその感を深くしているのである。前にも一度「初昔《はつむかし》」という随筆の中で触れたことがあるが、けだし映画は芸術中の最も尖端を行くものであるから、老人の便利などは考えてくれず、「年寄りにも分かるように」という心づかいは、最初から製作者の念頭にないのであろう。私は最近の二、三年映画を見ることが出来ない状態にあったので、その期間に映画のテンポが一段と早くなったのか、あるいは私の諸器官がすっかり緩んでしまったのか、今年になってから時々覗《のぞ》きに行ってみると、発病以前に比較して一層見おとしや聞きおとしをすることが多い。事件の発展に極めて重要な関係のある動作が、ほんの一とコマしか映らなかったりすると、つい気付かないで過ごしてしまい、二度繰り返して見て始めて理解する。昔は英語の字幕でもゆっくり一と通りは読めたのに、今では日本文でも、大概は全部読み終わらないうちに消えてしまう。大阪弁はもちろんであるが、東京弁でもしばしば聞きそこなう。江戸の下町言葉など、関西人より私の方が聞き取りやすいはずであるのに、関西人がどっと笑うのに私には何が可笑《おか》しいのか分からないことがある。俳優の名前も、昔の人のは覚えているが、今の人のは二、三回ぐらい見たのではすぐに忘れる。日本物だとそうでもないが外国映画だと、顔と顔との区別が付かないで困ることもある。一人の男に二人の女があったりする場合、A女とB女とが同じように見え、これは孰方の女だったかと戸惑いをする。日本映画ではさすがにそういう間違いはめったにしないので、やはり日本人は老人である限り日本物を見る方がよいのだと思う。昔横浜時代に、日本人を奥さんに持っている老イギリス人の友人があったが、この人は日本人の顔は皆同じように見えるといっていた。そして外で自分の奥さんに出会うと、心づかずに通り過ぎたり、呼び止められても、「あなたは誰方《どなた》でしたか」といって奥さんに可笑しがられたりしていた。

○

外国の映画俳優の名は、ジャンマレーをジャムマーマレード、アンバクスターをハンバクステーキ、ラナターナを旦那さあま、などと私は呼んでいる。ルイジューベーはルイ重兵衛、ジャンギャバンは鋏《はさみ》を落としたような人、ロバートテイラーは洋服屋であるが、その後エリザベスという女の洋服屋も現れた。外国のはいうまでもなく、日本の俳優の名も最近の人のはさっぱり知らない。知っているのは北原三枝《きたはらみえ》、淡路《あわじ》恵子《けいこ》ぐらいなものだが、もうそんなのも新人の部ではないのであろう。北原三枝はモルガンお雪や貞奴《さだやっこ》の時に帝劇に出ていたのだそうだが、当時は私は気が付かなかった。ああいう見事な肉体の娘も、ヤンキー娘だとそんなに魅惑を感じないのに日本人同士だと妙に色気を身近に感じる。しかしそういっているうちに日本の女の脚線美も日に増し発達しつつあるので、北原三枝式姿態の美女が遠からず街に氾濫するようになろう。今でも銀座あたりを歩けば一町に一人や二人はあんなのに打《ぶ》つかるかも知れない。昨今はまた、ああいう姿態美の女がことさら和服を着て歩くことが流行しだした。あの「茶羽織」とかいうトッパー式の羽織の創案者は宇野千代さんだともいい、京都の洛趣《らくしゅ》という店だともいうが、キュッと引き締まった、帯から下をタイトスカートと同じ狙いの裁《た》ち方にした服を着て、ハイヒールのエナメルの草履を穿《は》いた恰好、あれはもう和服の美しさではない。あのままで耳環《みみわ》や頸飾《くびかざ》りや洋服用のアクセサリーがそっくり間に合い、時とすれば洋服以上に脚線美を発揮する。あの感じは昔の「小股が切れ上がった」というのとは少しく違う。婦人雑誌や映画雑誌であの服装をした婦人の写真を見ると、必ず型に嵌《は》まったように片足の爪先を立て、ちょっと膝頭《ひざがしら》を曲げて写している。両足をぺったり地につけて立っているのは一人もない。私はあまりああいうのを見馴《みな》れたせいか、近頃はかえって踝《くるぶし》の上のところ、足袋《たび》のコハゼから一、二寸上で微《わず》かにO型に曲がっている脚の方をなつかしむようになった。以前の女はどんなに脚がすっきりしているように見えても大抵あの部分が幾分ガニ股になっていた。今でも五十前後の婦人には、そういうので美しい脚を持ったのがいる。春信《はるのぶ》の描いた女なども、白くほっそりした脚を持っているけれども、実際は皆多少とも彎曲《わんきょく》していたことであろう。そしてその彎曲した部分が、何かの折にちらほらと裾《すそ》からこぼれて見えるのが艶《なまめ》かしいのである。茸《きのこ》狩りの楽しみというものは、女の後から登って行って、白い脛《はぎ》が一、二寸裾から覗くのを見るのが嬉しかったのであると、教えてくれた通人があった。

○

年を取ると詰まらないことが気になるものである。眼が悪くなってからは自然ラジオに親しむという結果になったが、この頃はアナウンサーのしゃべる日本語が癇《かん》に触って仕方がない。少なくともNHKあたりのアナウンサーは純東京生まれの者に限られてしかるべきであり、事実最初はそうだったらしいのであるが、それがだんだんそうでなくなり、標準語さえしゃべれればということになって来たらしい。「南部の鮭」の「南部」を、「南部北部」の「南部」と全く同じアクセントでいう。この間も筑後柳河の「水郷」をスイゴウと発音し、「尼子十勇士」の「尼子」をアマゴといっていた。われわれはアマゴといえば川魚の名とばかり思う。「お艶《つや》殺し」がオツヤゴロシ、「持ちくされ」がモチグサレ、「共かせぎ」がトモガセギ、「通りかかり」がトオリガカリ、「油ッ紙」がアブラガミである。アナウンサーのみならず、一体に濁音を使うことが多くなったのは、関西流が浸入して来て、その方が標準語のようになったのであろうか。菊五郎劇団の若い人々が「塩原多助」を放送しているのを聞いたら、さすがに俳優たちは本所の竪川をタテカワと発音していたが、アナウンサーはことごとくタテガワといっていた。タテガワでは折角の塩原多助も出て来ようがない。証券取引所の「場立ち」までがバダチにされているが、今では兜町あたりでもそう発音しているのだろうか。蠣殻町の米屋町《こめやまち》育ちの私なんぞは何とも情けない気がしてならない。そのほか「夜寒」をヨザム、「案山子」をカガシ、「ごったかえす」をゴッタガエス、「七草」をナナグサなど、数え出したら際限がない。私はあべこべに、京大阪の地名を清《す》んで読む癖があって、カミギョウをカミキョウ、ナカギョウをナカキョウと、久しい間いいならわしていた。「シモキョウや雪つむ上の夜の雨」では京都人には実感が湧かないであろうが、東京人の私にはこの方がピッタリ来る。ただし「大阪」をオオサカと読むのは、逆に関西が関東に感染したのであろうか。浄瑠璃では「オオザカを立ちのいて」で、「オオサカを」とはいっていない。

○

徳川夢声の「問答有用」第七十七回に文楽と夢声が対談しているが、私はあの中の文楽の言葉に不思議ないい方の数々を発見した。「うちのかみさんが行水つかってんだよ」とあるが、「つかってんだよ」などは如何であろうか。まるで舌足らずの言葉ではないか。東京弁なら「行水をつかってるんだよ」ではなかろうか。「火ばちであったためてんですよ」「聞いてんだか聞いてないんだか」「てめえのなかまがなぐられてんのに」などともあるが、こんな工合に「る」の音を抜かすのは恐らく文楽の言葉そのままではなく、速記者が使う田舎者の東京弁ではないのだろうか。金語楼の「ゆうもあ芸談」の中にも、「何のことはない、このお袋さんが私を好きだというんです」というのがある。「私を好きだ」などといういい方は、ここは目的格だから「を」にしなければおかしいという考えで、外国文学の翻訳者あたりが勝手にこしらえた変則の日本語で、昔はそんな言葉はない。「が」が重なって聞きづらいようだけれども、「このお袋さんが私が好きだというんです」と、そういうのが当たり前だ。「を」を使いたければ「私を好いているのです」というべきである。もしほんとうに有名な落語家たちまでがこんな言葉を使うようになったのだとすれば、また何をかいわんやである。

○

日清戦争の時分、われわれは中国人のことを「チャンチャン」といったり、その下に「坊主」をつけて呼んだりした。これはわれわれが欧米人からジャップと呼ばれたのと同じような意味合いでもあるが、そういってもチャンチャンという音の中には多少の愛嬌も含まれているので、ジャップよりは増しであったようにも思う。とにかく当時の日本の子供たちは面白がってその称呼を使ったもので、「坊主」を下につけて呼ぶのなどはほとんど幼童に限っていた。が、中国人に対してははなはだ失礼であるその呼び方も、彼らが辮髪《べんぱつ》を廃した頃から次第にわれわれも口にしないようになった。ところで、今度の戦争が終わってから間もなく、昭和二十一年頃のある新聞に、郭沫若《かくまつじゃく》氏の言として、「日本人がわれわれ中国人のことを支那《シナ》人と呼ぶのは不愉快である。これは彼らが中国人を馬鹿にしている証拠であって、今後は宜しく改めてもらいたい」と、——言葉の通りには覚えていないが、そういう意味のことを書いているのを読んだことがあった。そして私は、日本の事情に精通している郭氏のような人でもやはりそう思うのかと、意外に感じた。中国人がそんなに不愉快に思うものなら、われわれは何も好んで支那という言葉を使いたくはないし、戦後は努めて「中国」の語を使っていることも事実である。しかしわれわれ、少なくとも文壇人は、欧米人がチャイナというのと同じ気持ちで支那といっているので、戦争前だって決してその言葉に軽蔑の意味を含ませてはいなかった。それに「中国」という地名は古くから日本内地にあるので、それと紛れやすくもあるし、どうしても「支那」といわないでは感じが現せない場合もあることは、ソビエトでなしに露西亜《ロシア》でなければ現し得ない場合があるのと同じである。

○

今の中共で名を知られている人々のうちで、私が多少とも面識を有するのは、郭沫若、田漢《でんかん》、欧陽予倩《おうようよせん》、周作人《しゅうさくじん》、銭稲孫《せんとうそん》等々の諸氏であるが、中で一番有名になったのは郭沫若氏である。今を去る三十年前、大正十五年の正月に上海の北四川路の内山書店で始めて内山完造氏に紹介された時分の郭氏は、その頃すでに蔣介石《しょうかいせき》政府に睨《にら》まれて首に賞金が懸けられていたのであるから、早くから筋金入りの共産党員だったのであろう。が、土地が広く、国が大きくて、包容力に富む中国人は、自分の首が狙われていてもそんなに心配ではないと見えて、平気でわれわれの会合に姿を現し、帰途には田漢氏と一緒に私の泊まっていた一品香《イーピンシャン》まで送って来て、紹興酒《しょうこうしゅ》を酌みながら夜が更けるまで語ったりした。その後正月の二十九日に、斜橋徐家漁路の新少年影片公司で文芸消寒会があった時、私が悪酔いをして苦しがっていると、郭氏がタオルを水に浸して額に載せ、いろいろといたわってくれた親切は、今も昨日のことのごとく覚えている。当時の郭氏は漢人によくある円顔の、色の白い、ふっくらとした豊頰《ほうきょう》の人であったが、近頃の写真で見ると、さすがに年は争われず、頰がこけて面長になっているものの、今もなお政治家というよりは学者的風貌の持ち主であるように見える。その後郭氏はいよいよ身辺に危険が迫ったか何かで、日華事変が始まるまで日本に亡命していたことがあったけれども、もうその頃は全く立場が違っていたので、私は遠慮して一度も訪ねたことはなかった。しかるに最近内山完造氏から、郭氏が今年上海の新文芸出版社から出した『海濤』という書の増補本を贈られたので、岡崎俊夫氏訳の『亡命十年』と対照して読んでいるが、思えばあの頃の中国の文学者たちは、ひとり郭氏ばかりでなく、誰も彼も容易ならない艱難《かんなん》に堪えつつあったので、なかなかわれわれが戦争中に経験したようなまやさしい苦労ではなかったことが分かるのである。

○

郭氏の動静は戦争中も時々新聞に出ていたけれども、その他の人々の消息については、戦後も長く窺い知ることが出来なかったが、先年日本へ帰って来た内田吐夢《うちだとむ》氏から、欧陽予倩氏の健在であることがまず私に伝えられた。帰朝した吐夢氏は最近まで病院生活を送っていたので、まだ会ってはいないけれども、手紙で見ると、欧陽氏はしきりに私の近状などを尋ねていたという。周作人氏と銭稲孫氏とは戦争中来朝した時に二、三度会ったぐらいなことで、昵懇《じっこん》にしていた訳ではないが、この両氏は汪兆銘《おうちょうめい》側に属していただけに、日本の敗戦後はどういう運命に陥ったであろうかと、他人事ながら案じられた。今は亡き大友のおたかさん*三の家の二階座敷で、この両氏に吉川幸次郎氏などを加えて一夕食卓を共にした時、おたかさんが漱石の画帖《がじょう》を出して示すと、「柳芽を吹いて四条の旅籠《はたご》かな」という句を、銭氏がすぐにすらすらと読んだ。銭氏といい周氏といい、中国人でこれほど日本文学に通じている人は少ないのに、両氏に万一のことでもあったら、われわれにはもちろん、中国にとっても換え難い損失になるであろうと思っていたが、戦争直後のある時、二人が背中に「漢奸《かんかん》」と大書されて街中を引き廻されたという噂を聞いて、私ははなはだ心を暗くしたことがあった。が、近頃内山完造氏その他の人々から聞いたところでは、両氏とも現在は非常に元気で北京の元の邸宅に住み、周作人氏は周遐寿《しゅうかじゅ》という筆名ですでに活動を行っており、「魯迅的故家」という著書を書いたり、ギリシャ語の詩の翻訳をしているそうであるし、銭氏も科学院に入って万葉の翻訳をしているという。また奥野信太郎氏からは、間接にではあるが、目下中央人民政府芸術戯劇局長をしている田漢氏が、くれぐれも私に宜《よろ》しくといったという話も聞いた。かつて岡本の私の家に滞在して一緒に祇園に遊んだり、南座の顔見世で先代梅幸の茨木《いばらき》を見たりした欧陽氏も、今は北京の鉄獅子胡同に住み、中央戯劇院長として働いているというから、私はいずれ田氏にも欧陽氏にも手紙を出してみようかと思う。そして欧陽氏には、旧暦の乙丑《きのとうし》の大晦日の晩に同氏の家で年越しをした時、氏が私のために揮毫《きごう》してくれた詩があったのを、是非もう一度書いてくれるように申し入れるつもりである。

竹径虚涼日影移
残紅已化二護花泥一
鸜哥偶学二啼鵑語一
喚二起釵鸞一圧レ鬢低
乙丑除夕書応二谷崎潤一郎先生一　予倩

私は好箇《こうこ》の記念であったこの一幅を、惜しくも往年の戦災で焼いてしまったのであった。

昭和二十九年十一月稿

（「中央公論」昭和三十年一月号　原題「老いのくりごと」）

私の初恋

いつから、私が恋愛に似た感情を経験し始めたか、今になって考えてみると、容易にその時期をたしかめることが出来ない。ただ私には、非常に早くから、ホモ、セクスアリスの傾向があったらしく、七、八歳の時分には、すでに萌芽《ほうが》が動いていたことを感じる。そうして、その頃の私の、憧憬《しょうけい》の的になったものは、母につれられて見物に行く芝居の舞台の俳優——ことに女形《おやま》や子役であった。

それから私は小学校の同級生の美少年にもそれを感じた。その時分、浅草の公園に、月世界という不思議な見世物の小屋があって、その活人画の場面に出て来る少年にも思いを寄せた。その他玉乗りの男だの、団子坂の菊人形などを見て、その顔つきや肉体が、長く長く頭の中に残っていることもあった。

女性の美を知り始めたのは、たしか十一、二歳の頃であったろう。両親に伴われて日光へ行った時、汽車の中で、自分の向こう側に据わっていた一人の令嬢の容貌を、五、六時間も眺めている間に、私は恍惚《うっとり》として酔わされてしまった。その令嬢の美しい目鼻立ちは、その後いつまでも私の胸に鮮やかな印象を止めていた。

以上は、むしろ性慾発動の過程であって、初恋の経験とはいわれないかも知れない。私の初恋らしい初恋は小学校の高等二、三年時代から中学校の三、四年まで続いていた、某《なにがし》という美少年との交際の期間にあった。しかしそれとても、淡い憧れを抱いていたばかりで、深い関係が結ばれた訳ではない。

高等学校へ這入《はい》った時分に、ある純潔な無邪気な処女と知り合って、互いに愛し合った。これがほんとうの初恋というべきものであったろう。彼の女は今から六、七年前に心臓を病んで、自分の故郷のある温泉地で死んでしまった。彼の女の常に帯びていた背負い上げの中には、私の写真と私から送った文殻とが入れてあったはずであるが、臨終の時にどうなったやら分からない。そうして彼の女が私へ寄越した文殻は、いまだに私の篋底《きょうてい》にしまってある。――

私は思い出の種に、極めて幼稚なものではあるが、その美少年や女に寄せた当時の和歌を二つ三つ記して、筆を擱《お》くことにしよう、

君と共に釣する此の日光《くわう》として、夢にも似たる酒匂《さかは》の水に

三十里はなれて住めば吾妹子が鼻の形を忘れけるかな

箱根路をゆふこえ来れば吾妹子が、黒髪あらふ湯の煙見ゆ
みちのくの三箱の御湯にゆあみして、かゞやく肌を妹に誇らむ

（「婦人公論」大正六年四月号）

父となりて

私は去る三月十四日に始めて子供の父となった。私を知っている者は、私が父となったことを大変不思議がっている。私自身も、意外な事実に出会ったような心地がしている。大概の人は結婚と同時に早晩父となることを覚悟すべきが当然であるのに、私は全くそんな覚悟を用意していなかったのである。

私は今までにしろうとの女と関係したことが二、三度あった。そうして一遍も子供は生まれなかった。生まれつき病的な性慾を持っている私は、体質にもどこか欠陥があるのではあるまいか。子供を植え付ける健全な能力を欠いているのではあるまいか。必ずそうに違いないと、私は何時の間にか妄信していた。この妄信に迷わされて、私は去年の六月に安心して結婚した。それのみならず、私の妻の前身が芸者であることも、この安心を助けるのに充分であった。結婚してから四月《よつき》、五月《いつつき》と立つうちに、妻の体にだんだん妊娠の徴候が見え始めてつわりらしいと人からいわれるようになっても、私は容易に信ずることが出来なかった。「とにかく産婆に見せてやって下さい。」と、妻の祖母がしきりに心配するのを、私は内心いまいましく感じていた。八月目になって、腹の膨れたのが著しく人目につくようになってから、私は漸《ようや》く往生して産婆を呼ぶことを許したのであった。

「大変に御丈夫でいらっしゃいます。きっと御安産でございましょう。」

と、産婆はいった。それでも猶且《なおか》つ、私は子供の生まれないことを信じようとした。「己のような人間の子供が、達者に発育するはずはない。きっと流産するであろう。」と思っていた。自分がこれまでに、自分の頭脳や肉体に加えた害毒を想い出して、若《も》しかすると不具な子供でも生まれはしないかと恐れたりした。

私は何故、それほど子供を嫌がったのであるか。――それはつまり、私がはなはだしいエゴイストであったからである。飽くまでも自分独りを可愛がって生きて来た人間だからである。私はただ自分の快楽のためにのみ生きていきたかった。自分の所有している金銭を、自分の利益のためにのみ費やしたかった。私はこのエゴイズムをこれまでかなり極端に実行していた。親兄弟に対してもはなはだしく冷淡であった。交友というものもすこぶる稀《まれ》であった。私が世間から秘密を喜ぶ人間であるとか、孤独を愛する性癖があるとかいわれたのも、実は私のエゴイズムが主たる原因をなしているらしい。私のエゴイズムは骨肉の関係も親友の間柄も一切無視して顧みない。それ故私は、自分と他人とに不愉快な感を与えることを恐れて、なるべく世間へ顔出しをしないように努めていたのである。

たとえ私が、他人を愛するように見える時でも、決して「自分」を忘れ得たことは一度もない。自己の虚栄心を満足させるために他人を恵むことはあった。自己の歓楽を充実させるために女に恋することはあった。けれどもかつて犠牲的に他人の利益を計った覚えは絶対になかった。

「いくら子供が嫌いだといっても、生まれてみればきっと可愛くなりますよ。」こういって、私を慰めてくれようとする人が沢山あった。しかしその言葉は、いっこう私の慰藉《いしゃ》にはならなかった。私は反対に「可愛くなられたら猶更大変だ。」と思った。それでなくても充分でない私の収入の一部分が、子供のために割かれるのかと思うとそれが苦痛でならなかった。

第二に私は、子供を持ったために私の芸術が損なわれはしないかということをも気遣っていた。私のエゴイズムが滅びてしまえば私の芸術も滅びてしまうに違いないと思われた。子供を恐れるのあまり、更に既往に溯って「己は何のために結婚したのか。」という問題を考えてみることもあった。

とにかく私が、現在の妻に恋をしたために結婚したのでないことは、あの当時から明瞭な事実であった。全体私はある作品の中でコンフェッスしたようなアブノーマルなところがあるので、今まで自分が夢中になって熱愛するほどの女に出会った例《ためし》がない。二、三の女と恋をしたことはあったかも知れぬが、今考えてみると、それらはみんな affectation に過ぎなかったような心地がする。前号に出ていた評論の中の私の弟のいい草ではないが、私の頭は恐ろしくマティリアリスティクに出来上がっているので、私には到底ほんとうの意味の恋愛というものを感ずることが出来なかったのであろう。なぜというのに、真の恋愛はやっぱり幾分かスピリチュアルの領分に属するものであるらしいから。

それで私は、恋愛とは全く違った動機から結婚した訳なのである。

私は現在の自分の心の状態をもって決して満足しているものではない。私が従来作品を通じて発表したところの思想や主張は、私の宗教ではなくて私の趣味に過ぎないだろうという批難も、一応はもっともに感ぜられる。（私自身は、趣味というよりはもっと遥かに深いところから湧いて来るのだと感じている。それが善くても悪くても、到底自分では制し切れない不可抗力をもって、常に自分を衝《つ》き動かすように思われる。）しかし私には今の傾向をどこまでも押し進めて、自分の宗教とするほどの、充分な勇気と熱情とがまだまだ湧いて来ないのである。有体にいえば、私は「悪」の力を肯定し讃美しようとしながらも、絶えず「良心」の威嚇を受けている。聖人の伝説を読んだり、崇高な人格に接したりすれば、何だかやっぱり自分の浅ましさを恥じずにはいられない。名誉ということ体裁ということ（それが何等の価値もないのだと信じながら）を全く忘れてしまうほど大胆になることが出来ない。悲しいことには、これが私を知らず識《し》らず煮え切らない態度に導くのである。そこで私は当然の結果として今の状態には不満足である。「現在のままに放任してぶらぶらしていれば、ついには浅薄な生半可な人間になってしまう。自分はもう少し落ち着いて、しっかりと自分のことを考えてみよう。」――そう気がついて、私は去年の正月頃から放浪生活をやめにして両親の家に帰った。なるべく机に親しんで、規則的に読んだり考えたりする習慣を附けることから始めてみた。

しかし両親の家というものはどうも落ち着きが悪くて、ややともすると自分は昔の放浪生活に復《かえ》りそうであった。「これではいけない。とにかく私は自分の家を作ってみよう。そうしてしばらく書斎の中に立て籠《こ》もって、静かに考えを沈めてみよう。」そう思って、すなわち私は自分の家を形作る道具の一つとして、妻を娶《めと》ったのであった。だから私の妻は、私のためにいろいろの意味の用達しをしてくれる高等 Dienerin に過ぎない。自分の収入の全部を挙げて遊蕩《ゆうとう》費に供さなければ承知の出来なかった私は、なるべく室内の装飾品とか、器物とかいう物を買うようにして、「居」を愉快にすることを心掛けた。前にも自白したように、私はこれまで極端なる廃頽《はいたい》の生活に浸ることも出来ず、そうかといって普通の放蕩《ほうとう》にも倦《う》み疲れていた折であったから、私のこの方向転換はある程度まで成功した。とにかく宿屋住居をするよりも、両親の家にいるよりも、私はいくらか落ち着いていられるようになった。

一つにはまた、妻とか家とかいう係累がどれほど自分の性癖を牽制し、矯正する力があるものか、我からそれらの桎梏《しっこく》の中へ飛び込んで試されてみようというような覚悟もあった。自分の悪魔主義的傾向が、それらの係累のために一変してしまうならそれでもよい。反対にそれらの束縛を打ち破って、従来の傾向に突進するような、真剣な力が湧き上がって来るならそれでもいい。いずれにしても、痛切なる実生活の試錬と、冷静なる思索の結果とを待って、しかる後に自分の頭に生まれて来る思想が、始めて本当に自分の「信仰」となり得るのであるから、幾分なりとも世間に関する経験を豊かにし、眼孔を広くすることは無益でないと考えられた。

かくして私は、一家を構えてから略々《ほぼ》十ヶ月ばかりを暮らした。その間私は全く放浪を止め遊蕩を断った。無理な金づかいをするようなこともなくなって、世間的の信用を増し、多少は親を安心させ、自己の「良心」を喜ばせた。しかし今までのところでは、私の芸術上の傾向はまだ依然として変わって来ない。変えようとしても変えられないでいる。

私にとって、第一が芸術、第二が生活であった。初めは出来るだけ生活を芸術と一致させ、若しくは芸術に隷属させようと努めてみた。私が『刺青《しせい》』を書き、『捨てられるまで』を書き、『饒太郎《じょうたろう》』を書いた時分には、それが可能のことであるように思われていた。

またある程度まで、私は私の病的な官能生活を、極めて秘密に実行していた。やがて私は、自分の生活と芸術との間に見逃し難いギャップがあると感じた時、せめては生活を芸術のために有益に費消しようと企てた。私の生活の大部分は私の芸術を完全にするための努力であって欲しいと思った。私の結婚も、究極するところ私の芸術をよりよく、より深くするための手段という風に解釈したかった。かくのごとくにして、いまだに私は生活よりも芸術を先に立てている。ただ今日では、この二つが軽重の差こそあれ、一時全く別々に分かれてしまっている。私の心が芸術を想う時、私は悪魔の美に憧れる。私の眼が生活を振り向く時、私は人道の警鐘に脅かされる。臆病で横着な私は、動《やや》もするとこの矛盾した二つの心の争闘を続けていくことが出来ないで、今までしばしば側路《わきみち》へ外れた。

しかし私は芸術を熱愛し、ただ芸術によってのみ生きがいのあることを知っている。それ故自分の芸術を築き上げんがためには、あらゆる努力を惜しもうとは思わない。いうまでもなく、真の芸術は生活と一致す可きものであるから、私はこの後厳重に自分の臆病を排斥して、正直な心の中の闘いを、解決のつくまで続けていこうと決心している。

こういう気持ちになっている際に、私の妻の臨月は追い追い迫って来たのである。私は自分の係累が、最初の予定以上に、若しくは必要以上に殖えることを恐れかつ怒った。けれども早晩父となることが避く可からざる運命であると悟ってしまった時、かえってそういう経験を味わってみるのも無駄ではないというようなあきらめが生じて来た。父となるのを一期として、何か私の精神にエポック・メーキングな変化が起こりはしないかという期待が、心配と同時に楽しみでもあった。

三月十四日の夕方から妻は陣痛を覚え始めて、茶の間に床を延べて臥《ふ》せった。私は隣室の長火鉢の前に据わっていたが、彼女の狂おしげな呻《うな》り声を聞くと、急に総毛立つような戦慄を感じて二階の書斎へ逃げ上がり、安楽椅子に身を屈めながら腰掛けていた。今数時間を出でずして胎内から芽を吹き出そうとする新鮮な生命の力、それに抵抗して息も絶え絶えに悶《もだ》えている母体の苦しみ、――それらがみんな自分の精力から作り出されたものだと思うと、私はいい知れぬ満足と苦笑とを禁じ得なかった。そうして心から妻の悩みに同情を寄せ可憐なる彼女の無事を祈っていた。間もなく妻の老母が二階へ上がって来て、

「唯今《ただいま》赤ん坊が生まれました。女の子でございますよ。」

といった。生まれ落ちた時の呱々《ここ》の声は、二階へ聞こえて来なかったので、私はそれまで知らなかったのである。

産は産婆が間に合わぬほど軽かった。真赤な嬰児《えいじ》はあらん限りの声を搾って泣くのであった。私はその盛んなる叫び声を聞くと、第二の「我」に私の活力が奪い取られていくような恐れを持った。七夜に私は「鮎子」という名を与えた。その時友人の一人が見舞いに来て、

「どうも君が親父になったというのは滑稽《こっけい》だ。ことに顔つきまで君にそっくりだから益々おかしい。」

といって笑った。

「父となりて」の感想を書くつもりで、私はかえって、「父となるまで」の告白を書いてしまった。「父となりて」の経験はまだ非常に浅い。生まれてから約一と月を過ぎた今日、私はいっこうに子供が可愛くなって来ない。恐らくは永遠に可愛くなるまいかと思う。子供よりはまだ妻の方がいくらか可愛い。

あまり泣き声がうるさくなったら、余所《よそ》へ預ける積もりであるが、今のところでは大した邪魔にもならない。妻の玩具にあてがっておいて、自分は二階の書斎にいれば声は全く聞こえない。嬰児が一人殖えたために、どれほど経済が違うものやら、それもまだ明瞭に分かって来ない。従って私は大概子供の存在を忘れている日が多いくらいである。

心配なのは生まれた子供よりも、第二、第三の子供が生まれはしないかということである。第二が生まれたら、すでにある人の養子に与える予約が整っている。

私は本誌の先月号に載っている私に関する批評を読み、多少感ずるところがあってこの告白を書いた。ただし、私の頭の中の葛藤はいくら正直に告白しようと努めても、到底如実に映《うつ》し出せるものではない。ある一つの思想を告白すると、すぐにその反対の思想がむらむらと湧いて来て、前言を取り消したいような心地になる。そこで私は、出来るだけ正直に、心の経過のなるべく大部分を書き記してみたに止まっている。

大正五年四月

（「中央公論」大正五年五月号）

女の顔

婦人が崇高に見える時——という題で何か私の考えをいえとのお頼みですが、強いていえば古い優れた芸術品の仏像とか、肖像画とかを見た時に一番多くそれを感じます。生きた人間にはそう度々はありません。ですが、あるとすればやはり女の顔の中に求めなければなりますまい。

崇高といえば、何かそこに永遠なものが含まれて居べきだと思います。私は空想の中でしばしば亡くなった母の姿を浮かべます。それも臨終の際の姿ではなく、いつ、どんな時の顔だか知れないが、多分私が七つか八つの子供だった頃の、若い美しい（私の母は美しい女でした）母の顔を浮かべます。それが私には一番崇高な感じがします。それからバルザックの小説 La Recherche de L'Absolu（英訳 The Quest of the Absolute）の中のジョセフィンという女性は非常に崇高な感じを与えます。私はあんな崇高な気持ちを、ほかの小説で味わったことはありません。

以上は空想の中の女性ですが、実際の場合には、何といっても女性を崇高なところへ引き上げるものは恋愛です。自分が恋している女は、純潔な婦人ならもちろんのこと、たとえどんな淫婦《いんぷ》であろうとやはり純潔に見え、崇高に見えることがしばしばあります。ですから、簡単にいえば女性が崇高に見える時は、その女性を恋している時です。

もう一つ忘れましたが、若い美しい西洋婦人の顔を、活動写真のクローズ・アップ（大映し）で見る時、崇高な感じがよく起こります。これはどういうものか日本の女優ではそう行きません。

以上で、ざっとお答えをした積もりです。

（「婦人公論」大正十一年一月号）

頭髪、帽子、耳飾り

服装や頭髪の流行は一種の勢いであり生きた力である。それは一国民の間に話される言語と同様に、それ自身で刻々に変化し、発達し、成長していく。日本をサクラとゲイシャ・ガールの国だと思っている東洋かぶれの西洋人や、それと同一の心理状態にいる洋行帰りの日本人や、または旧弊な老人などがたまたま「国粋保存」などを唱えてみたところで、流行という生きた力を到底喰い止めることは出来ない。われわれは現在の流行を見て、事実がこうなって来た以上嫌でも応でもそれを認め、それに従うより仕方がない。そして多くの場合、自然に発達して来た様式こそは、最もよくその時の事情に適しているので、一時は突飛のように見えても、新しい美と新しい真とがやがてそこから生まれ出るものである。今日われわれは日常百般の生活において、事毎に西洋の影響を受けているのだから、――ことに物好きで新しがりやの亜米利加《アメリカ》の影響を、最も強く受けずにはいられない関係にあるのだから、ひとり婦人の服装ばかりがそれの埒外《らちがい》に立っていられる訳はない。だから私はめいめいの婦人が、――ことに妙齢の婦人たちが、自分の顔だちや体つきに適していると思うものなら、どしどしどこの国の風俗でも採用して、新しい試みをされんことを、——新しい美を開拓されんことを希望する。何も声を大にして服装の「改善」などを叫ばないでも、めいめいが黙って自分の独創に成る物を着て歩くがいい、そうしたら、それらの中のいい物だけが自然に一般に採用されて、流行を形作るであろう。

この頃若い婦人の頭髪が非常に変化して来たことは、恐らく誰の眼にも著しく感ぜられる。そしてその変化は、従来の庇髪《ひさしがみ》とか七三とかいうような、ある一つの型に嵌《は》まった流行ではなく、めいめいがその容貌に似つかわしいような自由な髪の束ね方をする。櫛《くし》の形にも恐ろしく大きいのや小さいのや、三角、四角、その他いろいろの不正形をしたのがあって、それをまた斜めにしたり、横にしたり、縦にしたり、いろんな風にいろんなところへ挿している。リボンの結び方などもそうである。これもやはり西洋婦人の影響であるには違いないが、私は決してある人々がいうようにあれを日本服に不調和だとは感じない。私は目下横浜に住んでいるので、時々京浜間の院線電車に乗る機会があるが、この頃の暖かい春の陽気に、電車の中で「おや」と思うような美しい人に乗り合わせると、いつもそういう婦人たちが髪の結い振りの巧者になったのに感心する。東京は田舎に比べて美人が多いというのは、服装の関係もあるだろうけれど、主として髪の束ね方の巧みなせいではないかと思う。彼らは必ずしも田舎の婦人より顔だちが優れているのではない、一つ一つの目鼻立ちを検《しら》べると、決して美人とはいわれないのが多いのだけれども、髪の毛を好きな方へ好きな部分だけきゅっと引っ詰めたり、ゆらゆらと弛《たゆ》ませて波打たせたり、そしてそれを束ねるのにも円錐《えんすい》形に高くしてみたり、それをぐっと後の方へ反らしてみたり、あるいはいくつもの小さな低い束にしたものをいろいろに組み合わせてみたり、それらの技巧で顱頂《ろちょう》部や額や頬や襟足の面積に思い切った変化を与え、そこに一種の清新な美しさを生み出すように、実によく工夫している。そこには容貌の美しさがあると共に、いかにも都会の婦人にふさわしい、智慧《ちえ》と技巧の美しさがある。私は必ずしも日本の在来の結髪法を排斥するのではないが、似合う人にはそれも決して悪い趣味だとは思わないが、しかし島田や円髷《まるまげ》はいわゆる浮世絵風の美人でなければ似合わないのだから、大体からいって——そういう美人はそう沢山はいるはずがないから——大多数の婦人には似合わないものだといってよい。東京に美人が多く、眼につくような女の数がだんだん殖えていきつつあるのは確かに結髪法の進化した結果である。それは円ぽちゃの顔にも、鼻の低い人にも、口の大きい人にも、おでこにもお多福にも独特の美を発揮する道を教える。

私は「あいの児」の多い横浜に住んでいるせいで、特にそう感ずるのかも知れないが、この頃の都会の女子の顔は十年も前とは大分違って来ているようだ。私の関係している活動写真会社の女優などにも、円髷や島田が似合わないばかりか、毛が縮れていたり短かったりしてでんで結えない者さえあって、純日本物を撮影するのにかなり不便を感じている。そしてそれらの女優たちは皆めいめいに工夫して、髪結いの手を借らずに自分でいろいろの髪に束ねて来る。束ね方は極めて簡単で、独りで訳なく出来るようである。この、独りで出来るということ、鏡を見ながら自分で自分の髪の毛をさまざまに弄《もてあそ》びつつ好きなようにやれるということは、傍《はた》で見ていても非常に面白く感ぜられる。もう今日の若い婦人たちは、昔の木枕や箱枕では寝られないという者の方が恐らく大多数であろうと思う。洋服よりも和服の方が贅沢《ぜいたく》になって来たように、高い髪結い銭を払って、無駄な時間を潰して日本髪に結うことは、贅沢であると同時に無益なことである。

髪がここまで変わって来たのだから、もう一歩進んで西洋流に帽子を被った方がいい、今にその時代が来るという説もある。私も恐らくその時代が来るとは思うが、しかしそうなる前に、今少し服装が変化して来てもいいと思う。先にもいったように、私は今日の髪の形を和服に不調和だとは決して考えない。もしあの髪に帽子を被るなら、必然的に着物の様式も変わって来るに違いない。(全体和服に帽子という取り合わせは、男にしてもあまり恰好のいい図ではない。)日本の婦人は概して小柄であるから、帽子を被ると頭の方が重苦しくなりそうな懸念がある。支那《シナ》の婦人はほとんど洋服と同じような服を着ながら、帽子を着けていないのが大変瀟洒《しょうしゃ》とした可愛らしい感じを与える。あれが帽子を被ったとしたらよほど可笑しなものだろうから、日本人も大いにあれを参考にする必要がある。そして私は、帽子よりもむしろ耳環《みみわ》を推奨したい。耳環ならば他の部分には何等《なんら》の変化も及ぼさずに、現在直ちに実行出来ることである。（御承知でもあろうが、この頃の耳環は耳朶《みみたぼ》に孔《あな》をあけないでも嵌められるように出来ている）横浜では和服で耳環をしている婦人をしばしば見受けるが、少しも突飛な感じはなく、非常によく調和する。それも高い宝石などを買わずとも、自分の生まれつきの皮膚の色や髪のつやを引き立たせるような色彩の石を選んだらいい。支那の乞食女などは真鍮《しんちゅう》の耳環をしているが、どんな安物でも結構である。成るたけ金をかけないようにして自分の美しさを増すことが出来れば、それが最も賢いやり方で、都会の女の智慧と技巧とはそういうところになければならない。

四月三日記

（「婦人公論」大正十一年五月号）

縮緬とメリンス

日本の女子の着物、ことに晴れ着が不経済極まるものであることは今更私の呶々《どど》を要するまでもない。で、私はなるべく若い婦人たちに縮緬《ちりめん》を捨ててメリンスを用うることを勧めているのだが、たまたま本誌の主筆島中君がやはりメリンス党の一人で、私に「メリンス奨励論」を書くようにという依頼であった。しかし私は茲《ここ》に「奨励論」などという大袈裟なことを書く気はない。ただほんの思い付いた事柄に就いて、二つ三つ意見を述べてみようと思う。

今日、普通の若い婦人たちの不断着といえば大概銘仙かメリンスである。が、実用向きの衣服としては、値段はメリンスより少し高くとも結局長持ちがするから、銘仙の方が経済である。そこで私がメリンスを奨励するのはいわゆるよそ行きの着物の場合、お召や縮緬を着る代わりにメリンスを着るがいいというのである。メリンスならお召や縮緬の持つしなやかさがあり、かつそれにないところの特長もあるから、よほどの贅沢屋でない限りはメリンスで沢山だ、というのである。

私はこれを、単に経済という点からばかりいうのではない。趣味の上からもメリンスは時としてお召や縮緬よりかえってずっと上品に見え、清新に感ぜられる。だから同じ贅沢をするにしても、お召や縮緬を一反買う代わりに、メリンスを二反も三反も買って、それを代わる代わる着るというようにした方が、遥《はる》かに気が利いている。実際、見様によってはメリンスはかなり贅沢なものである。銘仙とは違って長く保《も》たないし、色は直きに褪《さ》めてしまうし、いわゆる清新な感じでもって、気持ちよく着られるのはほんのわずかの間である。メリンスをよそ行きに着るためには、そして成るたけ経済的に着るためには、やはり今もいうように最初に金を出して幾揃《いくそろ》いもこしらえておいて、――出来るならそれらの柄に適応した帯なども用意しておいて、――取り換え引き換え着ることが必要である。

縮緬やお召を着るにしても、ほんとうにお洒落《しゃれ》をしようと思えばやはり幾組もこしらえておく必要があろうし、そして実際少し贅沢な貴婦人や芸者などはその通りにしているのだろうが、それは多くの人たちには出来ないことでもあり、出来たところで何もそんな真似をせずともよい。若《も》しもお洒落ということが、自分の体に似合った模様なり色合いなりの、常に新しいキチンとした衣類を、いろいろに配合して着るのにあるとすれば、それにはメリンスが最もよい。詳しいことはよく知らないが、今日専ら流行《はや》っているのは金紗《きんしゃ》お召や金紗縮緬の類であるらしいが、メリンスならばそれらのものとほとんど同様の色や模様を出すことが出来、市場へ行けばいくらもそういう品物を得られる。のみならず、少しハイカラな意匠を施したりしたのは、金紗よりもメリンスの方がかえって品がよく、一層新しい感じがする。それは何分にもお召や縮緬は昔から日本にあるものだから、――たとえ金紗のように多少織り方は違っていても、――地質そのものに古いという感じが附き纏《まと》っているせいかと思う。あまり奇抜な色や模様を施したのは、金紗などだと徒《いたずら》に人を眩惑《げんわく》させるばかりで、「贅沢だ」という気持ちの方が先に立って、ややともすると下品にさえ思われる。それからまた、人はどうか知らぬが私にいわせると、金紗はその地質があまりしなしなし過ぎている。しなしなしていてもどこかサラリとした手触りがあるならいいが、非常に薄くべたべたしている。そしてあまりべったりと体へ喰着《くっつ》いてしまうので、割り合いに柔らかみがない。太った人にはもちろん似合わないし、痩《や》せた人だとひどくコチコチに骨張って見えるし、ある場合には優美というよりは淫猥《いんわい》に見える。それが一つには下品に感ぜられる原因だと思う。ことに夏の日盛りなど、あのべとべとしたものを着て、汗をびっしょり掻《か》いている女を見ると、私は一層暑苦しくなる。夏は尚更メリンスがいい。

私はこの前、婦人の頭髪のことを書いた時にもいったかと思うが、一体日本の在来の女の服装は、ある一定の型に嵌《は》まった旧式の美人、――それも非常な美人になら似合うかも知れぬが、西洋かぶれのした近代の婦人の体質や容貌には似合わないもので、むしろその欠点を露出させるようにばかり出来ている。金紗などもやはり在来の型の中から生まれて来たもので、あれを何等《なんら》のイヤ味なしに着こなせるものはまあ少ないといってよい。あのべとべとした地質のものを、若い発達した婦人の肉体に纏うと、折角のその美しい部分が隠されて妙に醜悪なところばかりが目立つようになる。そうなって来ると、メリンスにはないところのあのつやつやした光沢までが、かえってその醜悪さを強めるに過ぎない。その点でメリンスはふっくらとした柔らかみがあるから、痩せた人にはもちろんいいし、太った人にもその太った中にある美しさを発揮させる。つまり一面フランネルに似たような特色がある。斬新な柄や色合いを独創するにしても、金紗だとどうしても成金くさく下品になって思い切ったことはやれないが、メリンスならイヤ味でなくやれる。と、まあ私はそう思う。

もしそれでも何とかして金のかかった物を着けたいというならメリンスの着物で腕環《うでわ》なり、頸飾《くびかざ》りなり、耳飾りなり指輪なりをするがいい。ピカピカする絹物の衣裳では、そんなゴテゴテした装身具は着けにくいが、メリンスならばそれがやれるし、そしてそれらの宝石を非常に美しく奥ゆかしくも見せるであろう。（断っておくが、私は帯だけはメリンスに賛成しない。着物がメリンスであれば帯は羽二重がいいようである。長さや幅や締め方にも意見はあるが孰《いず》れ今度の機会にしよう。）一体婦人たちはよそ行きの着物というと、大事そうにしまっておいて、一年に二度か三度しか着ないで、そのうちに着られなくしてしまうのが多いが、メリンスだとその点に惜し気がない。気に入った柄ならよそ行きも不断着もなく、毎日着て歩いて着殺してしまってもいい。着殺すというと贅沢なようだが、着殺すほど着物を愛すればそれもまたいいではないか。私などは始終やったことである。

要するに私は、メリンスを贅沢な物、よそ行きの物としてまず派手好きなお洒落な人の方から流行らせたい。貴婦人、令嬢、女優、——そういう方面が思い切ってやれば、やがて一般にも普及するだろうと思う。さし向き子供の晴れ着だけはぜひメリンスにしたいものである。子供には実際それ以上の必要がないのだから。

（「婦人公論」大正十一年七月号）

都市情景

私は東京の日本橋に生まれた人間で、三十歳になるまでは下町を離れたことはなかった。その時分、近県の田舎へ避暑とか避寒とかに出かけることもないではなかったが、十日もすると直に東京が恋しくなって舞い戻って来たものである。当時の停車場は元の汐留《しおどめ》の新橋駅で、汽車から降りると、「ああ東京はやっぱりいいなあ」と、ほっとしながらあの駅頭の石段に立って、賑《にぎ》やかな広場の人通りを見渡す。そして駅前から電車に乗ると、乗り合いの女の風俗がまず第一に眼を喜ばせ、都会に帰って来たという感じを、しみじみ味わわせるのであった。今から思えば、あのころの電車は何というゆっくりしたものだったろう。森鷗外《もりおうがい》先生が団子坂のお宅から陸軍省へ通勤されるのに、電車の中で書見や調べ物をされるのを、日課のようにしておられたということだが、このごろのラッシュ・アワーの喧嘩のような光景を見ると、もうそんなことは一と昔の夢になった。電車が恐ろしく雑沓するようになったのは、世界戦争に引き続いての好景気時代からで、その以前には悠々閑々たるものだった。だから美しい装いをした女たちを乗り合い客の中に見ることは珍しくなく、その花やかな色彩を楽しむだけの余裕もあった。

四、五年前、永井荷風《ながいかふう》氏が何年ぶりかで京都に遊ばれて、閑寂な町の情趣に深く心を動かされたことを、当時の中央公論に書いておられたが、その後荷風氏にお目に懸かった折、私はそういったことがあった。「かつてわたしも十年ぶりで京都へ行ったとき、やはりあなたと同じように感じたことがあるのです。そうしてその時に考えたのは、今の京都が自分の心を動かすのは、十年前の東京を想い出させるからだ。もう東京では滅びてしまって、われわれ自身がすでに忘れていたところの古い習慣や風俗が、京都へ行くといまだに保存されていて、はからずもふっと眼につくことがある。ああ、そうだった。昔はこんなこともあったっけと、幼年時代のおぼろげな記憶が不意にわれわれに戻って来る。つまり京都というところは日本の旧式な都会の俤《おもかげ》を、どこよりも長く伝えているからではないでしょうか」――たしか荷風氏も私の説を肯定されたようであったが、無論京都には京都独特の美観もあれば魅力もあって、単に古いということばかりが誇りではないとしてからが、最も強くわれわれを惹《ひ》きつけるのはその点だと思う。われわれは七つ八つの時分、表通りに面した方は櫺子《れんじ》格子になっていて、這入《はい》り口から裏口の方へ真っすぐに土間がつづいている家に育った。冬はその格子に中ガラスの障子を嵌《は》め、夏は障子を取り払って簾《すだれ》をかける。格子の外にはチラリホラリと長閑《のどか》な往来の人通りが見える。夕方になると蝙蝠《こうもり》が飛び交い、あれは何という虫であったか、小さな綿のようなものを着けた虫がやって来て、子供たちは「おおわた、こわた……」何とかと節を附けて唄いながら、それを追い廻《まわ》したものであった。夜になれば家の中の明かりが、鮮やかな格子の影を地に印した。凍《い》てた霜夜の、新内流しや冴《さ》えた下駄《げた》の音、……新内流しはとにかくとして、あの下駄の音はどうして近ごろ聞こえなくなってしまったのだろう。今でも地面は凍てるであろうし、下駄は使われているのであるが。……そして私は、あの下駄の音を聞きながら乳母に抱かれてすやすやと眠る、父や母が留守の晩などあの下駄がお父《と》ッつあんかな、あれがおッ母《か》さんかなと、寝床の中でじっと耳を澄ましながら。……

たしか去年の夏であったか、上京の五番町にあるすっぽん屋の大市へ行ったとき、ゆうぐれのことで、二階の床へ筵《むしろ》を敷いて、涼を納《い》れながら酒を飲んだが、この「床」は東京の物干し台、もしくは火の見櫓《やぐら》にあたるものであろう。私はその折、こういうところがやはり京都だなと思った。この都会では先斗町《ぽんとちよう》や木屋町はいうまでもなく、普通の町家でも夏の夕は床の涼みが附き物になっているのである。入梅が来れば草実を焚《た》き、障子の代わりに葭簀《よしず》を嵌め、とうむしろやゆとんを敷くというような情趣が、今でも多く見られるのである。私は妙になつかしい気がして、そこの床から中庭の方を見おろすと、庭はそんなに広くもなく、土塀の向こうに窺《のぞ》いている隣家の屋根と樹木の梢《こずえ》が、恰《あたか》も空へ貼り付けたようにひっそりとしている。隣家には人がいないのかしら？——と、そう思うほどしんしんと静かで、カタリという音も聞こえて来ない。

そうだ、日本橋の家も昔はこんな工合だった、ちょうどこのくらいの中庭があって、塀の向こうに隣の家の屋根と梢が見えていた。そうして昼も森閑として、人がいそうなけはいもなかった。「梅が香や隣りは荻生惣右衛門」——其角《きかく》と徂徠《そらい》とが隣り合わせで住んでいたという、茅場町《かやばちょう》の薬師の地内から程遠くないところにも、それから賑やかな米屋町にも引き移ったが、その静かさはこの上京の静かさと同じであった。

謎のように侘《わ》びしく立っている塀の向こうから、たまに聞こえて来るものは琴の音だけであっただろう。ある時蠣殻町《かきがらちょう》の伯父の家の二階から、塀の向こうをうかがうと、隣の家にも中庭があって、十五、六になる美しい娘が、縁はなに近い柱に靠《もた》れながら長煙管《ぎせる》で煙草を吸っていた。それは「お鈴《すう》ちゃん」という近所で評判の娘であったが、……私の記憶はそんなおぼろげなことにまで遠く溯《さかのぼ》っていくのであった。

南支那《みなみシナ》の蘇州《そしゅう》へ行くと、彼処《あそこ》は人口三、四十万の繁華な都会でありながら、一度都門の外へ出れば、城内の車馬の物音が少しも聞こえない。湟《こう》を隔ててその巍然《ぎぜん》たる城壁を仰ぎ見る時、この囲いの中にそんな殷賑《いんしん》な市街が隠れていようとは、とても考えられないくらい静かである。私はその時も子供のころの「謎のような塀の向こう」を想い出さずにはいられなかった。

私が自分の生まれ故郷である東京が嫌いになったのは、そういう静かさがなくなったからだというのではない。根岸の里にほととぎすを聞き、目黒の不動で筍飯《たけのこめし》をたべた昔が、徒《いたずら》に恋しいというのでもない。けれども今の東京にはその古いものに代わるべき新しい情趣がないように思う。総じて都会というものは、あまり大きくなり過ぎると、雑然として纏《まと》まった感じがなくなってしまう。道頓堀《どうとんぼり》の芝居見物、心斎橋筋のそぞろ歩き――といったような中心点が、今の東京にはないのである。そしてそういう大阪も、「大大阪」となるにつれて、だんだん東京に似て来るのであろう。一と年北京の鐘楼へ登って打ち続く甍《いらか》を見渡した時、あの大都会の家々が、こんもりとした木立ちに掩《おお》われてほとんど見えないくらいなのに、さすがは大国の旧都であることを感じたが、東洋におけるああいう典雅な街の趣は、支那へ行かなければ分からないようになるであろう。

明るくて、賑やかで、――空は青々と晴れていて、往来にはきらびやかな人通りがありながら、しかも絵のように静かな街――人口はせいぜい三、四十万から百万ぐらいまでの街――そういう街を私は好む。広さでいえば京都か神戸ぐらいなところが一番いい。私はあまり旅行家ではないから、委しいことは知らないのだが、日本のうちでは畿内《きない》から中国方面へかけて、そういう街が多いような気がするのである。

大正十五年八月、淡路洲本にて

(「週刊朝日」大正十五年十月秋季特別号)

「九月一日」前後のこと

今から約十年前、大正五年の秋頃であった。私は「病蓐《びょうじょく》の幻想」と題する短篇を書いて、同年九月か十月号の中央公論へ発表した。それは地震に対する恐怖と、それに基づく幻想とを主にして取り扱ったもので、私はその中に、明治二十七年の夏の地震、――私が九歳の時に目撃した光景に就いて、下のごとく回想している。――

――尤も彼は、今から二十三四年前、多分明治二十六年の七月に、（六年とあるは記憶の誤り）大地震と云つてもいゝくらゐの素晴らしい奴に出会《でっこは》した覚えがあつた。ちやうど彼が小学校の二年の折であつたらう。午後の二時時分、学校から帰つて、台所で氷水を飲んで居ると、いきなり大地が凄じく揺れ始めた。「大地震だ！」と、彼は咄嗟に心付いたが、何処をどう潜り抜けたのか、一目散に戸外へ駆け出して、大道の四つ角のまん中につくばつて居た。その頃彼の家では日本橋の蠣殻町に仲買店を出して居て、恰も後場《ごば》の立つて居る最中であつた。米屋町の両側に軒を並べた商店の、土間に溢れるほど雑沓して居た相場師の群衆は、誰も彼も金の取引に気を奪はれて、日盛りの苦熱を忘れて居たが、突然、ぐわら〳〵と家鳴震動し出すや否や、右往左往にあわてふためき、殆んど路次のやうに窮屈な、せゝこましい往来の、ぎつしり詰まつた家並《やなみ》の下を揉みに揉んで逃げ惑うた。……

……あの時彼は、前に云つた大道の四つ角に蹲踞《うづくま》つて、生きた空もなくわなゝきながら、世にも珍らしい天変地異をたゞ夢の如く眺めて居た。夢だ！ ほんたうに夢のやうな恐ろしさだ！ 其の後《のち》二十幾年も彼は此の世に生きて居るが、あの時のやうに薄気味の悪い、あの時のやうに物凄い、あらゆる形容詞を超絶した Overwhelming な光景を、爾来一遍も見た事がない。彼が避難した地点と云ふのは、今の蠣殻町の東華小学校の門前に近い、一丁目と二丁目との境界にある大通りで、今でもあの四つ角には交番が建つて居る筈だ。何でも彼の経験に依ると、大地震と云ふ物は地が震へるのではなく、大洋の波のやうに緩慢に大規模に、揺り上げ揺り下ろすのであつた。自分の足を着けて居る地の表面が、汽船の底と全く同一な上下運動をやり出した時を想像すれば、恐らく読者はその気味悪さの幾分かを、了解する事が出来るであらう。……いや、汽船の底と云つたのでは、まだ形容が足りないかも知れない。寧ろ軽気球のやうに、――踏んでも掘つてもびくともしない、世の中の凡べての物よりも頑丈な分厚《ぶあつ》な地面が、寧ろ軽気球のやうに、さも軽さうにふらふらと浮動するのである。さうして、其の上に載《の》つかつて居る繁華な街路、碁盤の目の如く人家の櫛比した、四通八達の大通りや新路《しんみち》や路次や横丁が、中に住んで居る無数の人間諸共に、忽ち高々《たかぐ》と上空へ吊り上げられ、やがて悠々と低く降り始める。彼は比較的見通しの利く四つ辻に居た為めに、此の奇妙なる現象を真にまざ〳〵と目撃した。彼の前方へ一直線に走つて居る、坦々たる街路の突きあたりには、遠く人形町通りが見えて居たが、其の路の長さは大凡そ二三町もあつたであらう。然るに訝《あや》しむべし、此の二三町の平《たひら》な路が、彼の蹲踞《うづくま》つて居る位置を基点として、恰も起重機の腕の如く棒立ちになり、向うの端の人形町通りを、天へ向つて持ち上げるかと思ふ間もなく、今度は反対に深く深く沈下し出して、彼は全く急峻な阪の頂辺《てつぺん》から、遥か下方の谷底に人形町通りを俯瞰する。あゝ其の時の強《こは》さ恐ろしさ！　人間が、測り知られぬ過去の時代から生存の土台と頼み、光栄ある歴史を其の上に築き、多望なる未来を其の上に繋いで、安心して活動して居た大地と云ふ物が、斯く迄も不安定に、斯く迄も脆弱であらうとは……

私は今日、この文章を読み返してみるのに、あの時の大地が「大洋の波のやうに緩慢に大規模に、揺り上げ揺り下ろ」したというのは、どうもほんとうとは信ぜられない。しかしながら、子供の頭に非常に恐ろしいと感じたことは、案外正確な記憶を留めるものであるから、当時の私は、事実そういう印象を受けたのであろう。思うに四つ角へ逃げ出した時には、すでに最初の激動が終わって、ゆるい余震が続いていたに違いなく、それが怯《おび》え切った少年の眼に怪しい錯覚を与えたかも知れない。とにもかくにも、この回想を書いてから更に十年の歳月を隔てた現在においても、私はあの時の光景を、やはりこの通りに喚《よ》び起こすことが出来るのである。そればかりでなく、私は確か前記の四つ角へ母と一緒に逃げたのだった。そして親子は、余震が止んでしまうまで互いにしっかり抱き合っていたが、当時の私の身の丈はようよう母の胸のあたりへ届くほどであったと思う。なぜかというに、さっき氷水を飲んでいた私は、どういう訳か逃げる拍子に夢中で筆を握っていたので、気が付いて見ると、母の白い胸板に墨が黒々と着いていた。

地震の際に母と一緒に逃げた記憶はこれのみではない。その数年前、明治二十四年の濃尾の大震の時は、東京もかなり強く感じたが、その頃の私は茅場町《かやばちょう》に住んでいた。揺れが来たのは早朝のことで、母と私とは「スハ」というや家を飛び出し、裏茅場町の通りを霊岸島の方へ跣足《はだし》で走った。今はっきりと覚えているのはこれだけだけれども、そんなことは幾度《いくたび》もあった。「お前が騒ぐものだから、子供までが臆病になる」と、父はそういってよく母を叱った。

母親が子に及ぼす感化は、父親のそれよりも強いはずだから、私が大の地震嫌いになったのはもちろんそのせいもあるであろう。しかし私は、何といっても明治二十七年のあの恐ろしい経験が最大の原因であるような気がする。いったい母は地震のみでなく、かみなりにも弱かったから、私は十歳前後までは、かみなりというと意気地がなかった。しかるに後年、雷に対する方の恐怖は薄らいでいったにかかわらず、地震の方のは、年を取るほど募っていった。そして私は、「病蓐の幻想」を発表する前、小説『悪魔後篇』の中でも、主人公の佐伯という大学生が地震を恐れる心持ちを、長々と書いているのである。佐伯には照子という恋人がある。彼女は大柄な恰幅《かっぷく》のいい女であって、彼女が梯子《はしご》段《だん》を上がって来ると、二階全体がグラグラ揺れる。「そら地震だ！」と、佐伯は蒼《あお》くなって飛び上がる。なおまた『病蓐の幻想』の中に、「――彼は地震が大嫌ひであつた。地震に就いては随分いろいろの書物を読んで、可なり豊富な知識を持つて居た。……日本の家屋はヤワな西洋館に較べて、案外耐震力の強靭な事や、大地震の際には必ず前に異常な地鳴りを伴ふ事や、少くとも彼のやうに、年中気に病んでびくついて居る理由のない事を、充分心得て居る癖に、彼はやつぱり明け暮れ其れが心配になつた。住宅を移転する時、田舎の旅館に宿を取る時、女郎屋待合で夜を過ごす時、彼が真つ先に思ひ出すのは地震に対する用意であつた。怪しげな西洋造りの三階四階の建物などへは、成る可く這入《はい》らないやうに努めて、這入つてもそこ〳〵に飛び出してしまつた。浅草辺の活動写真を見物するのに、彼は大概出口に近い隅の方に立ち竦んで、いざと云つたら逃げ出す用意を怠らなかつた。さうして無事に見物が済んで、小屋を出て来ると、『まあよかつた。』と胸を撫でゝ、命拾ひをしたやうな気持ちになつた」という一節もある。この「彼」や佐伯の臆病が、私自身のことであるのはいうまでもない。私は死んだ大隈《おおくま》侯爵を好かなかったが、彼が地震嫌いであり、地震が揺ると、不自由な体を近侍の者に扶《たす》けられながら、特に邸内にこしらえてある地震除《よ》けの部屋へ逃げるという話には、同情も出来、羨ましくもあった。私はそういう部屋を作れる身分ならいいけれど、自分のような境遇の者が、侯爵のごとき不自由な体であったら、さぞ困るだろうと思ったりした。

「自分の生きているうちに、恐らくは四十になるまでの間に、きっと東京に安政程度の地震がある」――別にこれという理由もなしに、私にはそんな予覚があった。そして年々、歳の暮れになると、「ああ今年もとうとう大地震がなくて済むのかな」と思い、どうせ免れない運命であるなら、いっそ早い方がいいような気もした。青年時代の私の心配は、必ず遭遇しなければならぬ大地震と徴兵検査とを、無事に通過し得るかどうかの一事であった。徴兵検査を嫌った訳は、兵役そのものが厭《いや》なのでなく、機械体操が恐かったからで、中学時分に一度棚から落っこって気絶しそうになった私は、でも中学なら、いくらか教師が手心をしてくれるからいい、兵士に取られて、無理に高い梁木《りょうぼく》を渡らせられたり、鉄棒の稽古《けいこ》をさせられたら、やり損なって大怪我をするに極《き》まっている、そうなると気絶どころではない、下手をまごつけば命を落とすか、うまく行っても不具者になるに違いないと考えていた。が、検査は二十六の歳に脂肪過多でハネられたが、地震の方はいつになるのか、なかなかやって来なかった。けれどもきっと近いうちに来る、自分が四十になるまでの間には。——だから私は、その災難を首尾よく潜り抜けないうちは、四十以後まで生きられるという自信がなかった。昔の人が疱瘡《ほうそう》を済まさない間は、命を借り物と思ったように、その大地震を逃れる、逃れないが、一生の運試しだ、それが済んだら、自分は定めし気がせいせいして、落ち着いて仕事が出来そうに思えた。

私は誇張しているように取られないため、何故そんなに大地震の襲来を恐れていたかを、茲《ここ》にもう一度説明しておく必要を感ずる。私といえども、大地震で死ぬ人の数は、助かる人の数に比べて、ずっと少ないことぐらいはよく知っていた。死ぬ人の中でも、火に包まれて焼かれる者が多いのであって、安政の時の藤田東湖《ふじたとうこ》母子のように、*四梁《はり》に敷かれて圧死する場合は更に少ない。東湖母子も一旦は無事に逃れたのだが、火を消そうとして戻って来たので、二度目の揺り返しを喰《くら》ったのであった。だから最初の一撃にさえやられなければ、火を避けるのはそれほどむずかしいことではない。大地震には必ず大火が伴うことを忘れずにいて、いざとなったら、逸早《いちはや》く郊外へ逃げればいいのである。――が、これは理《り》窟《くつ》で、かみなり嫌いの人間は、遠雷の音を聞いただけでも顔色を変える。同様に私は、ほんのちょっとした微震に遭ってもたちまち胸がドキドキして真っ青になり、じっと据わっていることが出来ず、反射的に立ち上がって慌てふためくのが常であった。その慌て方がまた滑稽《こっけい》で、二階の方が一階よりも後で潰れるものであることを承知していながら、夢中で梯子段を駈け下りることがしばしばあった。ここなら安全だと分かっている時でも、とても落ち着いていられないで、かえって危険な場所へ逃げた。詰まり私のは、逃げるために立つのでなく動揺を感ずるのが恐いから立つので、自分が体を動かしていれば幾分か胡《ご》麻化《まか》せるからであった。その証拠には、決して安全とはいわれないのに、電車か汽車に乗っている時大地震に遭えばいいというような、気持ちさえしていた。私の恐れたのは実にこの慌てる性質、――自分自身で奈何《いかん》とも制し切れないうろたえ方にあった。箪笥《たんす》の蔭《かげ》とか机の下とかへ、じっと潜んでいればいいものを、自分は必ずウロウロ騒ぎ出すだろう。ここなら大丈夫という見定めもなしに、滅茶苦茶に走り廻るだろう。そうすると十中の八九はやられる。きっと何かの下敷きになって圧死を遂げる、――私はそれを思ったのであった。私の最も願うところは、孰方《どちら》へ逃げても崩れ落ちる物のない広い原ッぱの真ん中で、真っ昼間出遭うことであった（私は地割れというものがそれほど危険でないことを聞かされていた）しかし昔から、大地震が日中に起こった例ははなはだ少ない。大概夜から朝のうちへかけてが、ことに午前中が、一番多い。だから戸外で出遭う望みは乏しい訳で、寝坊の私、いつも十二時近くまで寝ている私としては、睡眠中に襲われる覚悟をしなければならない。しかるにもう一つ因果なことには、私は不意に真っ暗な中で眼を覚ますと、全く部屋の方角を取り違える癖があった。床の間だと思って入口の方を捜していたり、押し入れだと思って窓に打《ぶ》つかったりするようなことは、毎日起居する室でありながら珍しくなかった。それで地震が暗いうちに起こるとすれば、——そうでなくとも雨戸が締まっているとすれば、——もうどうしても無事に逃げられるはずはなかった。私はいよいよ絶望した。仮にそういういろいろな場合が注文通りうまく行っても、明治二十七年の時でさえあんなにびっくりしたのであるから、それ以上の奴に見舞われたら、驚愕《きょうがく》のあまり、その場で卒倒するかも知れない。私の心臓はその恐怖に堪えられないで、最初の一撃を喰った刹《せつ》那《な》に「ウム」と参ってしまうであろう。それを思い、かれを思うと、私はいっそ麻酔剤でも嗅がされて、知覚を失っている時に地震に遭い、誰かに担ぎ出して貰《もら》うよりほかに万全の策はないのであった。その意味において、私の母方の祖母は実に羨ましい人であった。彼女は安政二年の折に十七の娘盛りであったが、家が潰れるのを知らずに寝ていた。眼が覚めて見ると、枕もとの行灯が倒れて、灯が消えており、頭の上に引き窓が来ていた。彼女は震動が止んだ時分に、そこからのこのこ這《は》い出したのであった。

そういう私であるからして、心配しても無駄だと思って半ば諦めてはいたものの、三十の歳に妻を娶《めと》って世帯《しょたい》を持つようになってからは、やはり地盤や家の間取りを気にしないではいられなかった。私は元来下町が好きであったから、結婚の当初、妻の里方に近い関係上、向島《むこうじま》に居を構えたが、安政の時に本所浅草深川が最もひどくやられたのを知って、間もなく小石川の原町へ移った。(『病蓐の幻想』はその時に書いた)そうしてそこに五箇月ほどいて、今度は同じ原町の十四番地にある、建築学のN工学博士が建てた、小ぢんまりした、シッカリした家に転じた。それはあながち地震の用意ではなかったけれども、東京にいた頃、私が一番安心して住んでいられたのは、このN博士の家作であった。けれども地震はやって来ないで、その年(大正六年)の五月、地震嫌いの母が死んだ。次いで私たちは同年の暮れ、相州鵠沼《くげぬま》のあずまや旅館の別館のような離れを借りた。砂地は危険であるとはいえ、二た間しかない平家建てであったから、そこでも割合いに平気でいられた。が、何より彼より、地震の恐怖から完全に解放されたのは、大正七年十月初旬から十二月下旬へかけて、支那《シナ》大陸を旅行していた約二た月の期間であった。支那にも地震が絶無ではない、しかし多くは四川雲南地方にあるので、私が遊歴した方面は、往昔は知らず、近年にそういう例を聞かない。私は実に生まれて始めて、地震のない国に住む心安さと、せいせいした気分とをもって、どんな高い建物へも登り、古い煉瓦《れんが》の家の中でも眠ったのであった。そして私は、「ああまた地震国へ戻るのかなあ」と、そう思いながら日本へ帰った。越えて翌年の二月下旬に、安政六年己未の歳に生まれた父が、六十一で死んだ。私はその時も、こういう風に一つの大地震と、次の大地震との間を、一杯に生きて死ぬのは、廻《めぐ》り合わせがいいのである、そのすぐ後の時代の者は、損な順番を受け持つのであると思ったりした。

その後私は、前の小石川原町の家に近い本郷曙《あけぼのちょう》町に約十箇月、相州小田原《おだわら》十字町の西海子《さいかち》通りを這入ったところに約一年八箇月を暮らした。小田原へ行ったのは、その年はやった流感のために妻と子供とが気管を弱くして、転地の必要があったからだが、いったい地震の災害は大都会ほどひどいのである、田舎は埋立地が少ないから地盤もいいし、人家が疎《まば》らで火に包まれる憂いがない、まあその点では小田原の方が東京よりもいくらか優《ま》しだという風に、気休め的の理窟をつけて、私は強いて安心していた。そのうち大正十年の九月になって活動写真の仕事の都合から、今度は横浜の本牧《ほんもく》へ越した。この家は南京下見《なんきんじたみ》のペンキ塗りではあったけれども、前に露西亜《ロシア》人が住んでいたとかいう西洋館で、ベランダの下はすぐひたひたと海に続き、青い波が石崖《いしがけ》に打ち寄せていた。そして私たちの家族はみんな、私も、妻も、娘のあゆ子も、そこの海気が性に合ったのか、急にめきめきと丈夫になった。糖尿病に悩んでいた私は、血色がよくなり、体重が増し、娘もなかなか引かなかった三十七度前後の微熱が、次第に下がった。

ある晩、越して来てから一と月あまり過ぎた時分の、午後九時頃のことであった。当時川崎にいた辻潤《つじじゆん》が訪ねて来て、二階の書斎で話していた。私は彼と差し向かいに、安楽椅子に腰掛けていたが、突然ぐいと椅子のクッションがめり込んで、腰がズシンと沈んだ気がした。「地震だ！」と気が付く前に私はすでに梯子段を駈け降りて玄関から表へ飛び出し、ぶるぶる顫《ふる》えながら門の柱に摑《つか》まっていた。実に急激な上下動に始まって、恐らくは明治二十七年以後の、最大のものであろうと思われる強震であった。けれども私以外には誰も飛び出した者はないので、やがて恐る恐る家へ這入ると、せい子が一人声も立てずにぐうぐうと眠っていたほかは、さすがに皆が驚いた様子をしていた。七十四になる妻の祖母は、長生きをする人の常で、呑気《のんき》であったが、それでも布団から置き上がって、「大きゅうございましたねえ」といいながら、据わっていた。私はやっとその時に、置き去りにした辻潤のことを想い出した。ややしばらくして二階へ上がると、辻は私の顔を見るなり、

「や、大きかったねえ！」

といったが、私の慌て方がひどいというので、アッハ、アッハ、笑い転げた。彼はあの最中、泰然と椅子に掛けたまま動かずにいたのであった。

その晩、辻が帰ってから、独り書斎に起きていた私は、夜がしんしんと更けた時分に、普通の人には分からないほどの微かな余震を一、二回感じた。「やはり先《さつき》のは大地震の形式を備えていたんだな」と思った。

が、その明くる年、大正十一年の四月には、更にそれ以上の強震があった。生暖かく、うらうらと晴れた春らしい朝の、確か十一時前後であった。私は寝台が浮き上がるような感じを受けて眼を覚ましたが、はっと気が付くと家じゅうがもうメリメリ鳴っていた。夢中で寝台を飛び降りるのと、下から床が衝《つ》き上げて来るのと一緒であった。私は足が地に着かないで前のめりに転びかけた。そして梯子段を駈け降りる途中で、二度目の激しい上下動を喰った。家全体が一挙に揺り上げ、揺り下ろされた。私は中段で動けなくなり、両手でしっかり左右の壁を押さえようとして、トン、トン、トン、と、臀餅《しりもち》を舂《つ》きつつそのまま下まで滑り落ちた。「おい、早く早く！　湯殿へ逃げろ！」と大声で叫んで、自分が真っ先に避難した。その湯殿というのは日本風の風呂場で、湯槽《ゆぶね》という恰好な支えがあり、その一と棟だけ平家であったから、一番安全な場所であることを平素から家族に話してあった。私は湯殿のガラス障子から、隣の吉田という人の家が、グラグラ揺れている状態をありありと眺めた。それは総二階の日本家屋で、妙に弾力のある、おかしな譬《たと》えだが、臀《しり》振《ふ》りダンスの女の腰のようなネバリ強い揺れ方をしていた。

この地震は横浜が最も大きく、東京では号外が出た。午後になってから、山下町で人死にのあったことが分かった。この日あゆ子は小学校の遠足で、祖母が附き添って三溪園《さんけいえん》へ行っていたのは、何よりの仕合わせであった。彼女は三溪園の塔の頂が破損したのを見たばかりで、明治二十七年の際の私のような、恐ろしい思いをせずにしまった。妻とせい子とは、その時分は毎朝のように、一丁も二丁も沖の方の干潟へ出て、浅蜊《あさり》や蛤《はまぐり》を掘っていた。だからこの二人も案外平気に過ごしてしまった。二人は海の方から、陸地の家々の動くのがはっきり見えたので、「これは大きいな」と感じただけであったという。結局梯子段から落ちて向こう脛《ずね》を擦りむいた私が、一番損をした訳で、もっと大きい地震であったら、私一人がやられていたに違いなかった。私は午飯《ひるめし》を済ませると、山下町の惨事の跡を見物に行ったが、中華民国領事館の前に、明治初年に建てたような古ぼけた煉瓦《れんが》造りの、小さな支那料理店がある。死んだのはそこの娘で、十六、七になる支那人の少女であった。彼女は往来に逃げ出したとたんに、二階の煉瓦が崩れて来て、その下敷きになったのであった。私はそれを見るにつけても煉瓦造りの危険なことをしみじみと感じた。山下町の支那人街はほとんど全部煉瓦であるから、もう少し地震が大きかったら、一軒残らず潰れたであろう。が、幸いにも破損したのはその家だけで、それもぴっしゃりと行ったのではなく、ほんの二階の壁の一部分が、穴を明けたようになっていた。娘は運悪く、たまたまそれが落ち懸かる真下へ来たので、表へ逃げさえしなければ何事もなかったに違いない。好いお天気の、ぽかぽかとした午後の日ざしが照っている路上には、屍体も煉瓦もすでに取り片附けてあり、茶色の地面に鉄の赤錆《あかさび》のような血痕が円く、大きく滲み込んでいた。見物人ももう疎らで、外字新聞の記者であろう、一人の若い西洋人が領事館の柵に乗りながら、キャメラを向けているだけであった。しかし私は、「慌てるのは禁物だ」という教訓を覿面《てきめん》に見せられ、自分の身に引き較べて今更のように慄然《りつぜん》とした。

去年の末から今年へかけて二度も大きな奴が続いた。三度目正直というのがある。いよいよ今度は安政程度のものが来るかな。――そんな予感がする一方、私は四月の強震を立派な大地震であると見做《みな》し、あれで済んでしまったのだという風にも考えたかった。とにかく煉瓦が崩れたり、一人でも人死にがあった以上は、大地震といって差し支えはない。そうだとすると、あれが安政の次の奴ではないのかな。三十年来、今か今かと待っていたのはあれだったのかな。これで自分は厄落としをし、疱瘡を済ました訳なのかな。「何だ、アレか、アレがそうなのか、案ずるよりも産むが安しだ」――私はひそかに「しめた」と思った。そして自分の幸運を感謝し、嬉しさにぞくぞくした。が、そのすぐ後から、まだ喜ぶのは早過ぎるぞ、油断をしたら大変だぞ、近々に一つどえらいのがあると、聞きたくない声が聞こえる気もした。私は雑誌や新聞に出る地震の記事、地理学者の談話等に能《あた》う限り注意を払った。

ここで少しく横路に外れるが、元来私が、日本における地震学の発達を衷心より希《こいねが》い、自分の生きているうちに、一日も早く地震の予測が出来る時代に到着することを望んでいたのは、私としては当然の心理であらねばならない。不思議な因縁——といえばいえるが、大森博士[*五]は私と同じ小学校（日本橋区阪本小学校）の出身で、出身者中一番先に、——私がまだ尋常何年かでいる時分に、——博士の学位を得た人であった。その頃の「博士」といえば珍しかったし、ことに商人の子弟の多い日本橋区内の小学校から理学博士を出したのであるから、一日学校では博士を招いて祝賀会を催したくらいであった。そういう関係から、私は親しく博士の謦咳《けいがい》に接したこともあり、博士がどんな場合にも煉瓦塀の横を通らないなどという逸話を聞いていた。そして子供心にも、博士が地震を研究する大学者であることに、この上もない信頼を感じた。これは有り難い。こういう学者が現れた以上、自分が大きくなるまでには地震の予報が出来るようになるだろう。そうすればもう心配はない。——私は小学校の生徒の頭でぼんやりとそんなことを考え、小さな胸に微かな希望を宿したのであった。が、この希望はその後ついに裏切られた。いったい日本の地震学が少しも進歩しないのは、学者たちにも責任があるけれども、それよりもむしろ彼らの環境、——一般の社会が悪いのであると私は思う。かつて「大阪朝日」であったか「毎日」であったかが社説においてこの問題を論じたことがあり、「地震国たる日本が、この科学の発達を期するのは世界に対する義務であるのに、政治家も富豪も実業家も眼先のことにのみ囚われて、精神的にも物質的にも学者を援助しようとしないのは、文明国たる資格がないといわれても、一言もあるまい。もし欧米に日本のごとく頻々と地震に悩まされる国があったら、地震を予知する方法はつとに発見されていたかも知れない。それでなくとも、今に独逸《ドイツ》あたりが一と足先へ失敬して、日本は世界の物笑いとなり、赤恥を掻《か》かされるであろう」という趣旨を述べていたのは、実に同感であった。このくらい私のいわんとするところをいい、私にピタリと来たものはなかった。私はどれほど、日本人の地震に対する無神経を恨めしく思ったか知れなかった。東京市の役人は井戸を潰し、名園名木を濫《みだ》りに切り開き、はなはだしきは濠《ほり》や海を埋め立てて、その脆弱な地盤の上へマッチ箱のような家を建てる。市民もそれを平気でいる。あれでどうして恐くないのかと思う度に、私一人がヤキモキしているような気がした。こういう国柄では、なるほど地震学が発達しないのは当たり前であった。それに学者たちの方も、あまり腑《ふ》がいないように見えた。震災予防調査会などが、地震に処する心得として民衆を警《いまし》めている事項も、常識の範囲を一歩も出ていない。彼らの仕事は、徒《いたずら》に過去の記録を集めることと、せいぜい「何々式」と称する地震計の改良ぐらいだ。そうしてしばしば、大学と気象台とで震源地の測定が違う。これを今村博士の説明によると、「同じ大学構内にある二つの地震計に就いても、一つは三浦半島を指し、一つは鹿島灘《かしまなだ》を指すような場合は珍しくない。地震計の針の上ではほんのわずかな狂いである」という。しかしわれわれは地震計の上に住んでいるのではない。三浦半島と鹿島灘では、実際において大変な相違だ。

私は日本の地震学にあいそを尽かして、「若《も》しも独逸が地震国であったら、――」と、望めないことを望んだりした。独逸という国が欧羅巴《ヨーロッパ》のうちでも、択《よ》りに択って地震の稀《まれ》な土地であるのが、独逸国民には仕合わせであるが、私のためには最大の不幸であるとしか思えなかった。それでもやはり独逸をアテにする気があった。そして最近、独逸において地球物理学が発達し、ついに日本を指導する位置になったという話を聞き込んだ時には、馬鹿に頼もしい心地がした。

四月の地震の直後において、大森博士の談話というのが例のごとく新聞に出た。博士の説は、こう引き続いて強震があるのは、更に大きい地震が来る前兆であると思うかも知れぬが、必ずしもそうとはいえない。かえって小地震が頻発する方が、大地震の憂いがないのである。だから近々東京地方に大地震が起ることはなさそうに思う。何もそんなに騒ぐには及ばぬ。というようなほんの気休め的のもので、いつもの極《き》まり文句であった。私はこれを信じたいのは山々であったが、どうも安心がならぬ気がした。その後私は、気象台の藤原博士が、私の友人たちが組織する一匡社《いっきょうしゃ》の会合の席で、「小さい地震が沢山あるから、大きい地震がないということもいえないんですよ。要するに現在の地震学では何も分かっていないんです。とにかく日本の地震帯がそろそろ活動期に這入って来たので、ずいぶん大地震があるかも知れない」と洩《も》らされたのを、その会合に出席していた一人から聞いた。そうなって来ると、今の本牧の家はいけない。家そのものは潰れないとしても、下の石垣が壊れた場合に、海の方へ崩れ落ちる危険がある。海を離れて、地盤の堅固な山手へ移転した方がいい。――私はそう思って、内々山手の借家を捜した。

大正十一年の十月に、私たちは山手の二百六十七番のAにある、前にミス・マラバアの住んでいた平家の洋館へ引き移った。この山手というのは、西洋人が〝Bluff〟と呼んでいる外人の住宅区域で、昔からの地山《じやま》であるから、市中で一番地盤がシッカリしていることは疑いなかった。そして日本人区域のように家並みがぎっしり詰まっていないで、一軒一軒の間隔が相当にあり、ところどころに開港以前からの大木が聳《そび》え、葉がこんもりと繁《しげ》っていた。「越すならあの辺に限る」と思って空家を尋ねていた矢先、ちょうど九月に颱《たい》風《ふう》があって本牧の家へ波が打ち上げ、私ばかりか家族がみんな怖《お》じ気《け》づいて移転を急ぐ気になったのは、今考えると、何が仕合わせになるか分からなかった。私はそこへ転居した時、「これならどんな大地震でも潰れッこはない」と、直覚的にそう感じた。元来石造や煉瓦造りの西洋館は日本家屋より弱いけれども、南京下見《なんきんじたみ》の木造のものは、日本のそれよりも震動に堪える。日本の家は屋根と床との間を柱で支えているだけであるのに、南京下見の洋館は、一面に木で囲ってあって、詰まり木の箱も同じである。本牧の家も南京下見ではあったが、今度の家はその上にも屋根の勾配の極《ごく》なだらかな平家であった。そしてその両隣の家も平家、向こう側の家も平家、平家ばかりがそこに五、六軒集まっていて、どの一軒が倒れかかっても隣へさし響く心配がなかった。ことに右隣の露西亜人の住まいは、これはまた不思議な家で、屋根も壁も残らずトタンのなまこ板で作られ、夏冬はさぞ困るだろうが、理想的の耐震家屋であった。前の往来もゆとりがあって、五、六台の自動車が並んで通れた。おまけに山手は市の郊外に近いのであるから、いざという時、避難するのに十分の余裕がある。で、こういう風にいろいろの条件が備わった借家はめったにない。ここなら私が慌てて表へ飛び出そうと、家じゅうを駈けずり廻ろうと、野原の真ん中と同様に、見渡す限り何も危険なものはないから、勝手気《き》儘《まま》に臆病性を発揮してよかった。私は近頃こんなに安心したことはなく、すっかり大丈夫と思い込んだせいか、その後その家で一、二回微震に遭ったが、不思議と前のように慌てなかったし、動悸のするようなこともなかった。それでいよいよこれなら確かだという気になった。「大地震が来るなら今のうちに来てくれ、どうぞこの家にいる間に。――」私の願いはそれであった。

しかし何事も、十が十まで好都合には行かないもので、地震に対して安全な平家は、私のように静かな書斎を必要とする者にとっては、仕事の上に支障が起こりがちだった。やはり二階か離れのような座敷でないと、家族や来客の話し声が耳につく。その家の書斎は寝室と浴室に挟まれていて、間に廊下があるのでもなく、風呂へ這入《はい》るには書斎を通って行く始末だから、私は結局、書き物が忙しくなり出すと、原稿を抱えてどこかのホテルへ逃げ込まなければならなかった。（私は西洋流に椅子に着かないと書けないのであった）それでその後約一箇年ばかりの間は、花月園ホテル、フジヤ・ホテル、海浜ホテル、熱海ホテル、はふやホテル、小涌谷《こわきだに》ホテル、オリエンタル・ホテル、メソネット・ホテルと、京浜間から鎌倉・箱根あたりへかけての、ホテルというホテルを廻り尽くした。

大正十二年の正月、「婦人公論」の原稿を書くべくフジヤ・ホテルに泊まっていた時、たまたま市川猿之助、同夫人、八百蔵、団子の諸君と落ち合い、自動車で長尾峠へ行った。自動車がトンネルを過ぎて、富士が一と眼に見渡される峠の茶屋の前で止まると、その茶屋の掘っ立て小屋がグラグラと揺らいだ。冬のことなので、ひっそりと空家になっている小屋が、いつまでもいつまでも動いているのが、ちょっと薄気味悪かったけれど、私は割り合いに落ち着いていられた。ホテルにいたらさぞ醜態を演じたろうに、戸外でよかった。いい時に猿之助君は誘ってくれたと、そう思った。

ホテルといえば、——ことにオリエンタル・ホテルなどは、——最も禁物の建物であるのに、そういうところを択《よ》って泊まって歩いていたのは、後から思うと不思議であり、身の毛の弥立《よだ》つ感じがするが、当時私は、次第に健康が恢復《かいふく》し、心臓が強くなり、二十年来かつて覚えぬほど体の諸機関が順潮になって来て、一時はひどく悩まされた神経衰弱が、一枚一枚薄紙を剝《は》ぐように軽くなりつつあった。そして今度の転居以来、地震に対する強気が出来て、どこへ行ってもあまりビクビクしないようになっていた。また運よくも、それほどホテルへ泊まりながら、ホテルで地震に遭うようなハメには、一遍もならなかった。私は少し図に乗った形で、油断していた。

三、四月頃のある晩、その時分われわれの倶楽部《クラブ》のごとき観があった尾上町《おのえちょう》の「アカシヤ」へ寄った時、私は女将のお千代さんから、横浜の実業家小野哲郎氏が、「今年八月一ぱいに、横浜は全滅するような大地震がある」と、予言しておられるという話を聞いた。小野氏は何か卜筮《ぼくぜい》の術に凝っており、自分で占いを立ててみたので、冗談でなく、真面目に信じている証拠には、避難場所として本牧の邸内に平家の別館を建築する計画を立て、店の倉庫にも手入れをする積もりで、目下準備を急いでいる、というのであった。従来の私がこういう話を耳に入れたら、気にしなければならないのだが、妙なことにその時は上の空で聞き流した。小野氏は私の旧友であって、私よりも若輩の青年であるから、そういう人の、畑違いの予言などは取るに足らないと思ったのであろう。それに私は、地震の予言には今までたびたび欺《だま》されていた。予言の後で地震のあった例《ためし》がなかった。私は予言を聞かされると、かえって安心する癖がついていた。恐ろしいのは、誰も一と言も予言をせず「地震」というもののあることを皆が忘れてしまったように、世間がしーんと静まっている時であった。

越えて五月の末であったか六月であったか、私とは最も縁故の深い東京日本橋亀島町の偕楽園《かいらくえん》へ遊びに行ったことがあった。私は二階の主人夫婦の居間に通され、そこの窓から八丁堀のせせこましい人家の屋根を眺めながら、ふいと細君のお喜代さんにこんなことをいった。――

「おきよさん、東京というところはだんだん乱脈に、まるで玩具箱《おもちゃばこ》を引っくり覆《かえ》したようになっていきますね。まあこのゴタゴタした町並みを御覧なさい。これで安政のような大地震があったら、四方八方から火事が起こって、あなたがたは逃げるところがありやしませんぜ。此処の家は潰れないでしょうが、すぐに逃げ出しても逃げ場がないから、よっぽど巧《うま》く立ち廻らないと、焼け死んでしまいますぜ。あなたがたはよくこんなところにいられますねえ」

私は別に何という気もなくいったのであった。小野氏の予言が頭にあった訳でもなかっ

た。お喜代さんは私の地震嫌いを知っていたし、いい方が少し仰山だったので、

「そうねえ」

といって、ただ笑っていた。

さてその年の夏は、愉快な賑やかな夏であった。七月には妻と、あゆ子と、せい子とを連れて、前橋から伊香保に行き、そこで萩原朔太郎君や、同君の二人の令妹と一緒になり、男二人、女五人で、榛名山《はるなさん》へ登った。八月になると、私たち親子三人は箱根の小涌谷ホテルへ転地し、せい子は鎌倉の小町園に暑を避けて、ときどき箱根へ遠征に来、みんなで大《おお》涌谷《わくだに》見物に行ったり、強羅《ごうら》のプールで泳いだりした。仙石原《せんごくはら》に滞在中の市川左団次、同夫人、松蔦《しょうちょう》、寿美蔵《すみぞう》、荒次郎《あらじろう》の諸君が、連れ立って遊びに来たこともあった。隣の宿屋には吉右衛門氏が泊まっていた。が、そのうちだんだん避暑客も減って来るし、九月に這入れば、あゆ子の学校が始まるので、私は一旦妻子を送って横浜へ帰り、更に自分だけ仕事を持ってホテルへ引き返すことに極めた。三人は八月二十七日に小涌谷を立った。せい子もすでに鎌倉から戻って来ていたが、横浜はまだかなり暑かった。それでも暑い暑いといいながら、翌日の二十八日には、長らく口に入れなかった聘珍樓《へいちんろう》の支那料理を喰べて、早速舌の保養をさせた。二十九日の正午頃、私は芝の改造社へ「愛すればこそ」の印税を取りに行くため、詰め襟のダッグの服にヘルメットを被って出かけた。新橋で降り、駅の裏口

から出て、そこから二、三丁の改造社へ行こうとすると、向こうからHの来るのとパッタリ出遭った。私はHが、ついこの間私をモデルに使ったことを思い出して、くすッと笑いたいような発作を感じた。Hの口もとにも同じ可笑しさを堪《こら》えているらしい様子あいが見えたが、彼は極まりが悪そうに眼を外《そ》らした。

同日夕刻、用を済まして帰宅した私は、折柄《おりから》訪ねて来た梶原覚蔵氏と、妻とを誘って、名前は忘れたが、何とかいう横浜で一番うまい天ぷら屋へ行き、かきあげを喰った。

八月三十日の夕刻、私と妻とは高砂町《たかさごちょう》（?）の玉屋で晩飯を済ませ、私はその足で横浜駅から小田原行きの汽車に乗った。妻は散歩がてら、プラットフォームまで見送りに来た。

八月三十一日の午後、小涌谷ホテルの滞在ももう一箇月ほどになり、多少鼻について来たので、仕事をするには場所を変えた方がいいかと思い、この夏蘆《あし》の湖畔《こ》に新築された箱根ホテルへ、一日二日試験的に泊まってみようという気を起こした。私は折鞄《おりかばん》に原稿用紙、備忘録、旅行用の小壜《こびん》に詰めたウイスキー、バイエル・アスピリン、下剤、睡眠剤等を入れて、晩餐の時間前に小涌谷を立ち、乗合自動車で湖畔へ向かった。

箱根ホテルはフジヤの経営で、支配人は顔馴染みのある元の「はふや」の主人であった。そして外観は巍然《ぎぜん》たるコンクリートの五層楼であったから、内部は総《すべ》て西洋間であろうと予期していたのだが、行ってみると、西洋間は一階にだけしかなく、それもその晩は満員で、已《や》むを得ず三階の日本間で辛抱しなければならなかった。私はその座敷へ通った時、そういう大きな建物の中へ這入った場合の常として、すぐに「地震」ということが念頭に湧いた。火急の際にこの三階から梯子段を降りて表へ飛び出す暇はないが、しかし湖水に面した方に、相当に広い露台がある。その露台は鉄筋コンクリートであろうから、そいつが崩れ落ちるはずはあるまい。よし、若《も》しもの時はあの露台へ逃げよう。——私はそんなことを考えながら、日本間では仕事は駄目と諦めて、いつもより早く床に就いた。夜に入ってからは大変な豪雨で、そのためにかえって地震の方は大丈夫と思ったけれども、(大森博士は大風大雨に大地震はないといっておられた) 土砂降りの音が耳について寝られず、カルモチンを飲んで漸く眠った。

九月一日午前八時半、私は場所が変わったせいか、例になく早く眼を覚ました。どこのホテルへ泊まっても朝の食堂へ出たことなどはめったにないのに、その日は珍しく、九時過ぎに一階の食堂へ降りた。食事が済むと、また三階へ上がったが、やはり座敷が気に入らないし、仕事が出来なければこうしていても間が抜けるので、いっそ小涌谷に帰ろうと思った。私はすぐに会計を命じ、十一時半に出る乗合自動車で湖畔を発した。夜来の雨は上がりかかって、足の早い雲がちぎれちぎれに空を流れ、ときどきぱっと日が照って往来の水溜まりが光った。元箱根へ来ると、自動車はほとんど満員になった。私は運転手のうしろの、一番前の席に腰をかけ、私の横には葡萄牙人《ポルトガル》らしい色の黒い若い婦人が乗っていた。元箱根からは蘆の湯へ行くまで、路がしばらく上がりになる。そのあたりで、また一としきり細かい霧雨がざあッと来た。幾度も降ったり止んだりして、湿気を含んだ冷たい空気がひたひたと車の中を侵した。葡萄牙の婦人はうすいジョーゼットの服を着て、両腕を露《あらわ》にしているので、これでは風邪を引くだろうにと、そんなことを思ったりした。その黒い、肉づきのいい腕には、じーッと見るとむく毛が沢山生えていて、一本一本の毛の先に、小さな白い水蒸気の玉が結ぼれているのが、絹糸のように綺麗であった。

この婦人は蘆の湯で降り、私の周囲は日本人の男子ばかりになった。そこを出てからは左側は高い崖、右側は深い谷に臨んだ曲がり角の多い路《みち》であった。この夏道普請をしたばかりのところへ、前夜の豪雨で洗い流されて、凹凸が激しく、自動車が非常に揺れる。雨はほとんど降っていないが、たまにガラス窓へ点滴があたり、裾《すそ》の切れた銀の脚が空間に見える。車はグーと右へ曲がったかと思うと、たちまちグーと左へねじる。私の眼の前には、活動写真の移動撮影を見るごとく、山々谷々の鳥瞰図《ちょうかんず》が右から左へ、次の瞬間には左から右へ、急速度をもって繰り返し展開される。

「降ろして下さい！　降ろして下さい！」

その時後部に乗っていた独逸人の一団の一人が叫んだ。

「こんなところで降ろせるものですか、ここは道普請をしたばかりで地盤が脆《もろ》いんです。もう少し安全なところまで行きます」

私は運転手が一生懸命梶《かじ》を取りながら、怒鳴り返す声を聞いた。前方の地面にみ、み、みずの這うような裂け目が出来、それがずるずると伸びていった。路の端が谷の方へ崩れ始めた。

「大地震――」この感じは、ゆっくりと私の意識に上った。私は徐《しず》かに席に着いたまま巨人の手をもって引きちぎられるように揺らいでいる樹々の梢を見た。森や峰が一と塊になって動くのが分かった。半丁ほど先で谷に行き当たる路の突角が、正に起重機の腕のごとく上下していた。明治二十七年の記憶が、明瞭に私に甦った。いやあれどころか、これこそ安政程度の地震だ。小野哲郎氏の予言が中《あた》った！　咄嗟に私は「しめた」と思った。汽車か電車で遭遇したいと願っていた私の希望は、自動車によって充《み》たされたのだ。私は最初の一撃の来た瞬間を知らずに済んだのだ。突然私の脳裡《のうり》には昔の母の俤《おもかげ》が浮かんだ。墨が黒々と附いている母の白い胸板が見えた。母が生きていたら、どんなに驚いただろうと思った。それから私は、横浜の家族の身の上を案じたが、この地震は多分関東一円の地震であろう、そうだとすれば横浜よりも東京の方がやられている。横浜は比較的安全、……ことにあの家は大丈夫だ。そうして家族は、祖母も、妻も、あゆ子も、せい子も、ちょうどこの時刻には家にいるに違いない。ただ会えるのはいつのことやら、――東京も、横浜も、小田原も、箱根も、東海道の沿道がことごとく火になるとしたら、早くて半月、遅くて一と月の後であろう。自分の知人で、今この瞬間に圧死したものは誰々であろうか。横浜ではドクトル石浦と、平尾栄亮の両君がきっとやられている。石浦氏は毎日正午十二時に、まがね町の遊廓へ検黴《けんばい》に行く。遊廓ではとても助かるまい。平尾君も山下町の古いぼろぼろの西洋館の事務所で昼飯を食う。同君も恐らく無事ではなかろう。……

最初の激動がまだ続いている間に、これらの考えが稲妻のように私の頭を通り過ぎた。その時自動車は、五、六丁のカーブを命がけで走って、やっと十坪ほどの平地のある地点で停まった。

大正十五年十二月稿

（「改造」昭和二年一月号）

東西美人型

現代の女性というような題はやさしいようでちょっとむずかしい。誰しも観察は皆同じようになりそうである。今、筆を執りながら考えついたのだが、私は女性美の標準を大体関東と関西と、二つに分けて定めたらどうかと思う。東京風が全国に行きわたりつつあるとはいうものの、日本の西部と東部とでは、女に限ったことではないが、いろいろの点でずいぶん違っている。支那《シナ》の南北ほどではなくとも、気質、好尚、体のこなし、言葉づかい、表情等はさておいて、瞳のうるみ、皮膚のいろつや、肌理《きめ》の肌ざわり、輪廓《りんかく》などから、全身の骨格までも多少異なった感じがある。西の生まれか、東の生まれかは、時によって一と眼でいいあてられる場合がないでもない。孰《いず》れがいいというのでなく、そのおのおのに美があるのだから、願わくば両地方から代表的美人を選び出したいものである。あるいは東西の番附を作るのも面白かろう。

今は東洋趣味が世界的流行になりつつある時代で、女性美も追い追い日本的なのが欧米を風靡《ふうび》するようになりはしないか。アメリカでは鼻の高いのや、背の高いのが嫌われて、小柄で痩《や》せぎすなのが持て囃《はや》されているではないか。昔は西洋の女というと、顔にぼうぼう、とむく毛を生やしていたものだが、この頃では日本の女のように剃刀《かみそり》をあてる。マニキュールだのペディキュールだのと騒いでいるが、手足の肌の美しさにかけては、日本の女は恐らく世界有数であろう。肉づきなぞも、西洋人は脂でぶくぶくしているが、日本人はカッチリと堅太りしている。これで四肢の均整さえ取れたら申し分はない。

以上、さしあたり思いついたままを記す。

（「婦人公論」昭和四年七月号　近代美人論）

関西の女を語る

○

関西の婦人の批評をせよということだが、現に関西に住んでいて日常そういう婦人たちと交際している関係上、あまり思いきったこともいえない。というと、悪口をいいそうに聞こえるが、事実なかなかいいところもある。なにしろこっちへ来てから出来た友達というものは、ほとんど婦人ばかりなのだが、それというのは関西にはなんといっても文学をやる人が少ないので、男の人は私と没交渉のせいもあろう。婦人ではいろいろの方面がある。しかし一番多いのは阪神間に住んでいる夫人令嬢達《たち》、次は専門学校程度の女学生連、それからダンスガール、芸者といった人たちである。

○

服装は一般に日本式なのはこちらの方がいいと思うが、洋装はどうも東京に及ばない。第一こちらでは断髪が少ない。断髪はダンスガールか女給に限っているといってもよく、良家の婦人はそれと間違えられる惧《おそ》れがあるのであまりやっていない。それでも昔よりは垢《あか》ぬけがしてきたが、心斎橋筋などで見かけるのはやはりどこか田舎くさい。阪神間の一流の夫人令嬢などの洋装はずいぶん気をつけているので、さすがに田舎くさいところはないが、難をいうとあまり綺麗で繊弱すぎる。つまり日本服の趣味が洋服にまでついてまわっているのではないかと思う。洋服はいくらか野蛮で無雑作なところがあった方がいいのだが、帽子の好みから靴の爪先まであまり千代紙式、長襦袢《ながじゅばん》式に綺麗すぎる。それが欠点といえば欠点だ。

○

大阪の劇場内の空気を見なれた眼でたまに東京の芝居へ来てみると、場内の色彩がいかにも黒くくすぶっている。それだけ関西は着物の好みが派手なのだと思うが、けだし気候風土に原因することが多いのだろう。

早い話が地面の色など東へ行くほど黒くなり、西へ行くほど白っぽくなるのは、汽車へ乗ってみてもわかる。私の近所など冬は霜解けということを知らず、雨が降っても道がぬかることは一切ないが、そのかわり土の色が白っ茶けているので、夏は照りかえしが強く、表を歩くと眼が痛いようである。阪神沿線にはこのごろ非常に赤い瓦《かわら》の屋根がふえたが、空の色がいつも青く晴れているので、東京近辺よりはあの赤瓦のうつりがいい。そういうふうだから着物の色彩のけばけばしいのがよく調和するわけである。ただ困るのは昔から江戸人の嘲弄《ちょうろう》の種になっている足に無神経という欠点が、今もって改まらない。服装にはずいぶん注意する人でも足袋と下駄は実にひどい。帰りに玄関まで送って出ると、なりに似合わない安ものの下駄を履いている奥さんやお嬢さんが沢山ある。大阪はよく知らないが、京都などでは一流の芸者でさえぶくぶくの足袋を穿《は》いている。下駄はとにかく、せめて足袋だけでももうすこし気をつけたらどうかしらん。もっともそうするとこっちの品物では間に合わず、東京へ註文《ちゅうもん》することになるが、私の知っている限りでは神戸がまだしも一番いい店があるように思う。

○

言葉は段々地方的特色を失いつつある。男はほとんど東京弁とも違う標準語という奴になりつつあるが、女は阪神沿線は別として、市中ではまだ、学校などでも一種関西風の女学生言葉を使っているようだ。東京弁と比べると一長一短だが、実をいうとこのごろの東京弁というものは以前よりひどく悪くなった。純粋の東京人が少なくなったせいかもしれぬが、昔と同じ言葉でも音の出方が卑しく、調子が非常に荒《すさ》んで聞こえる。ことに奥さんと芸者がひどい。それから「そうでござんす」というのを詰めた「そうずざんす」というような前にはかつてなかった言いまわしがふえた。あれは実に下品だ。あんなのから見ると女は関西弁の方が優っているかもしれぬ。それに気持ちのいいのは、あの不愉快な「遊ばせ言葉」をこちらではきかないことである。いまどきあんなまわりくどい山の手言葉は東京人もやめたがいい。

〇

この間なにかの新聞か雑誌に、大阪の娘さんたちの金銭につましいことを美点として挙げてあり、大家のお嬢さんが髪結いのところで一銭のお釣りを貰《もら》うのを忘れたのを、明くる日取りに来たというような例が書いてあったが、これは私も常に感じている事実だ。まだ世帯《しょたい》の経験のない若い婦人たちが、みな無駄費いをしないように心掛けている。そしていざという時、年末の大売り出し、誓文払いの日などになると、十七、八の女の児が百円、二百円という金をふところにして買い物に出かける。決して一概にケチなのではない。ここいらは東京の婦人も見習ってしかるべきである。

（「婦人公論」昭和四年七月号）

東京をおもう

○

想い起こす、大正十二年九月一日のことであった、私は同日の朝箱根の蘆《あし》の湖《こ》畔のホテルからバスで小涌谷《こわきだに》に向かう途中、蘆の湯を過ぎて程なくあの地震に遭ったのであるが、そこから徒歩で崖崩れのした山路《やまみち》を小涌谷の方へ降りながら、まず第一に考えたのは横浜にある妻子共の安否であった。私は家族と八月の初旬から小涌谷ホテルに暑を避けていたが、一日から娘の学校が始まるので、二十九日の晩に妻と娘とを送って一旦横浜へ帰り、自分だけまた戻って来て三十一日の夜から蘆の湖畔へ遊びに行っていたのである。私は大の地震嫌いで、天明や安政の大地震の話や地震学者の説などをかねがね注意して聞きも読みもしていたので、今、自分がこうして山路を辿りつつある最中、横浜では大火災が起こっているに違いないと思った。自分の家は決して潰《つぶ》れないという信念があったが、しかし渦まく焔《ほのお》の中をかよわい者共はどうして逃げ終《おお》せることが出来よう。いや、それよりも、瞬時の猶予なく立ち退いて市中を突破しなければ、たちまち八方から火に包まれることを彼らは知っているだろうか。なまじ家が潰れないので、まあ助かったと、ほっとしているのではないであろうか。自分がいたらそんな油断はさせないが、恐らくそこまでの分別はあるまい。私の眼には、右往左往に逃げまどう群集に交じって、火に追われつつ彼方《あちら》へ走り此方《こちら》へ走りする彼らが見えた。ようよう一方の活路を見出して行くと、其方《そちら》にも火の手が揚がっている、また引き返してほかの路を行くと、其方《そちら》にも火の手が揚がっている、次第に絶望し、気力を失い、折角助かったと思った喜びがあきらめに変わって、父の名を呼び夫の名を呼びつつ行き倒れる。私の頭には、想像し得られる最も傷ましい可憐な彼らの姿が浮かんだ。今、私を呼び続けつつだんだん細くなっていく哀しい声が聞こえる気がした。私は幾たびか横浜の方と思われる空を望んだ。が、それでも万一という希望が持てたのは、東京よりも横浜の方が町が小さいだけに、市中を抜け出ることも容易である、私の家は樹木の多い山手の居留地にあって、市の中心から離れているので、海の方へ逃げれば駄目だが、もしひょっとして、運よく反対の方へ逃げ出したら、あるいは早く郊外の広いところへ出られるかも知れぬ。それも、現に今その方へ走りつつあるのでなければ遅い。私は彼らの脚の速力と郊外までの距離とを測った。最短距離、最長距離、最も火災を起こしやすい途中の建物、崖崩れのありそうな路、「あ、そっちへ行ってはいけない、こっちだこっちだ」と、私は心の中で叫んだ。私はまた、首尾よく彼らが助かったとして、再び彼らに遇《あ》えるのは幾日後であろうかと思い、「早くて一箇月の後」でなければなるまいと算定した。なぜなら私は災害の程度を非常に大きく考えて、東京・横浜はほとんど灰燼《かいじん》に帰してしまい、二つの大都会の人口の過半は失われて、あらゆる社会機構、交通も秩序も滅茶滅茶になってしまうであろうと考えたのである。後になってみるとこの想像は少し大袈裟過ぎたけれども、私には今の地震が、古来六、七十年目毎に関東を襲う週期的大地震の一つであって、それが内々恐れられていた通り、ちょうど廻《めぐ》って来たものであると思えた。そうだとすれば、今の東京の人家と人口の稠密《ちゅうみつ》さは、安政度の江戸の比ではない。建物も洋風の建築が殖えて、しかもそれらが外観は立派だけれども、古いものは地震に何よりも脆《もろ》いといわれる煉瓦《れんが》造り、新しいものは木ずりの上へ壁を塗った、博覧会の建物のような、火事には恰好な燃料である張りぼてが多い。その上に昔はなかった瓦斯《ガス》だの電気だの石油だのその他いろいろの爆発物があり、それらを大量に使用しまたは貯蔵する工場や倉庫がある。とすると、人命の損失と、家屋の倒壊焼亡の数は想像に絶するものがあろう。安政の災害は本所深川が最も激しく、他はそれほどでなかったというが、今度は恐らく下町全体がやられるであろう。倒壊を免れた家屋はあっても、火が諸方から起こり、かつ火の廻《まわ》りが早いとしたら、山の手とても無事ではあるまいし、日本橋、京橋、下谷、浅草、神田辺の住民は、ことごとく逃げ場を失って焼け死ぬであろう。東京がそうだとすれば、よし助かったとしても家族共はどこへ頼って行くか。妻と、娘と、妻の老母と、兄弟たちとが、逃げる間に散り散りにならないものでもないし、彼らが互いにめぐり会って一箇所へ集まるのは果たして幾日先のことか。私は自分の親戚を見渡して、たった一軒、上州の前橋にいる妻の兄だけが息災であろうと考えられたので、そこから焼け野原の東京や横浜へ人を出してくれ、雲を摑《つか》むような捜索をすることになるのではないかと思ったりしたが、一箇月後という算定はそういう想像に基づいたのであった。

○

私が遭難した場所は小涌谷の半里ほど手前であって、そこから小涌谷へ歩いて行く途々、私の脳裡には以上のような憂慮とも妄想ともつかぬものが、しきりなしに去来したのである。しかし私は、そういう悲しいことばかりを思い詰めていた訳ではない。時間にしたら三十分か一時間ほどの間だけれども、その間には妻子共の傷ましい姿に交じって、それとは全く違った種類の幻影が、ときどき眼の前を掠《かす》めたのであった。断っておくが、大正十二年というと私は三十八歳である。そして横浜に住んでいたというのは、大正活映のプロダクションに関係していたためでもあるが、実は東京というところが嫌いになっていたからでもあった。私はフィルムの仕事に携わる前、大正六年頃から始終伊香保や鵠沼《くげぬま》へ転地して、東京の家に居着かなくなったのであるが、大正八年の十二月に本郷曙町《あけぼのちょう》の家を畳んで小田原の十字町へ移り、十年に横浜へ越して来たのである。だが、いかに東京贔屓の人でも、あの時分、世界大戦当時から直後に及ぶ好景気時代の帝都を、立派な「大都会」だと思った者はないであろう。その頃の新聞紙は筆を揃《そろ》えて「我が東京市」の交通の乱脈と道路の不完全とを攻撃したものであった。たしかアドバタイザー紙であったかが社説で東京市の不体裁を散々にコキおろして、日本の政治家は社会政策だの労働問題だのと大きなことばかりいっているが、政治というのはそんなものではない、まずこの首府の泥濘《でいねい》を始末して、雨が降っても無事に自動車を通せる道路を作ることだといっていたのは、しみじみ同感しただけに今も覚えているのである。「東京は都会ではない、大きな村だ、あるいは村の集合だ」という悪罵《あくば》は、日本人も外人も口にした。当時二重橋外の広場は夜更けてから自動車の往来が頻繁なために道路の破損することが最もはなはだしく、乗客は凄《すさ》まじい動揺を感じたので、あそこは玄界灘《げんかいなだ》だといわれた。私は浅草橋から雷門へ行く間で、クションから激しく跳ね上げられ、箱の天井でいやというほど鼻柱を打った覚えが二度ばかりある。気がついてみると、自動車の箱の天井は柔らかい布が張ってあるが、ちょうど真ん中あたりのところに固い棒が這入《はい》っていて、跳ね上げられると、そいつが鼻へ打《ぶ》つかるような位置にある。こいつは危険だ、たびたびこんな目に遭うと今に鼻血を出すようなことになると思ったが、鼻血どころではない、とうとうそのために死んだ人があるという噂さえ聞いた。それなら電車はどうかというのに、これがまた死に物狂いであった。今から考えると、こういう乱脈にも一面無理のない事情があるので、何しろ財界の活況につれて諸種の事業が俄《にわ》かに勃興《ぼっこう》し、地方の人間が皆都会へ集まって来る。東京市はこの慌しい人口の増加と郊外地帯の膨脹《ぼうちょう》に対して、急に応ずる暇がない。道路を鋪装するとか、アパートを建てるとか、そんな施設をする間もなく、どんどん自動車が輸入され、場末の方には木ッ葉のような安普請の借家が殖える。そのくせ高い家賃を出しても、なかなか家が見つからない。庶民階級の交通機関は路面電車だけしかないので、来る電車も来る電車も満員で、長い間停留場に立ちん坊をさせられる。ラッシュ・アワーには全く殺人的な騒ぎで、夕方、腹を減らしてイライラしながら、帰路を急ぐ会社員や労働者などが、車掌の制するのも聴かばこそ、もう鈴なりになっている車台へ我れ勝ちに割り込もうとする。その争いのためになお混雑して、中の者は出ることが出来ず、外の者は乗ることが出来ない。そして乗り損なった者は蒼白《そうはく》な顔で恨めしそうに電車の影を見送っている。そういう人々の物凄い眼を見ると、私はしばしば慄然《りつぜん》とした。いつも乗れるのは一人か二人で、大部分は置いてき堀を食うのであるから、市電に対する怨嗟《えんさ》の声は巷に充ち充ちていた。留まった電車の昇降口に群集が黒山のようにたかって、押し合い、へし合い、罵り合う騒擾《そうじょう》が、いかに人心を険悪にさせているかは、誰しも私《ひそ》かに憂えたところで、それを放置している為政者の気が知れなかった。彼らの狼のように尖《とが》った、怒りに燃えた顔つきを見ては、怨嗟の声がいつ何時もっと上層の階級へ向けられるかも知れない、日本人だから辛抱しているが、欧米の都会で市民をかかる状態に置いたら一日で暴動が爆発すると説く人もあった。そのほか電話なども電車と同じような有様で、これがまた店員や事務員の神経を苛立たせた。亜米利加《アメリカ》あたりでは電話会社へ申し込むと五分も経てば取り付けに来るというのに、日本では埒《らち》が開かないから高い金を出して電話屋から買うのだが、それも好景気で途方もない値を呼んでいる。そしてようよう取り付けたまではいいが、電話の数に比例して交換手の手が足りないのか、交換局を呼び出すさえが容易でない。出てもすぐに引っ込んだり、番号を聞き違えたり、混線などが始終である。やっと繋いでくれたかと思うと、話中をポンポン切られる。腹が立ってまた交換手を呼び出すと今度はあべこべに「お話中」を食わされる。毎日電話口で交換手と喧嘩したり、ベルをガリガリと焼け糞に鳴らしたりすることが珍しくない。怒鳴られる交換手の役も大抵ではないであろうが、急用を控えた店員たちのイキリ立つのももっともで、私がいまだに電話嫌いであるのも、電話は人を神経衰弱にさせるものというあの時以来の観念が抜けないからである。市内でもそんなであるから、横浜から東京を呼び出すのには半日もかかり、往《い》って復《かえ》って来た方が早いくらい、いや、ほんとうに早かったのであった。それから瓦斯《ガス》もいけなかった。私の本郷の家では、圧力が足りなかったり、空気が交じって消えてしまったりして、台所の者がぶつぶついった。今日でこそ日本の雑貨は世界を席捲《せっけん》しているが、あの時分は我が国の工業が先進国の幼稚な模倣ばかりをしている試練時代にあったのであろう。凡《およ》そ国産品と名のつくものにろくなものはないような気がした。私はたびたびマッチで腹を立てたことがあった。というのは、大概なマッチは擦るとシュッと燃えたきり、棒の先で消えてしまう。一本の煙草に火をつけるのに四本も五本も擦らなければならない。懐中電灯などもそうであった。電池と電球との接触が不親切に出来ているので、買うともうその帰り路でスイッチが利かなくなる。当時日本の活動写真では尾上松之助《おのえまつのすけ》が大持てであったが、あれが我が国の文化の程度を象徴していたといっていい。旧《ふる》き日本が捨てられて、まだ新しき日本が来たらず、その孰方《どちら》よりも悪いケーオスの状態にある、そうしてそれが、乱脈を極めた東京市のあらゆる方面に歴然と現れていたのであった。

○

そういう感を催したのは私ばかりではなかったであろう。全く、あの松之助の写真を見ては、日本人の劇、日本人の顔がことごとく醜悪なものに思われ、あれを面白がって見物する日本人の頭脳や趣味が疑われて、日本人でありながら日本という国がイヤになった。あの頃の私は、帝国館やオデオン座あたりへ行って西洋映画を見るよりほかに楽しみはなかったものであるが、松之助の映画と西洋のそれとの相違は、すなわち日本と欧米との相違であるとしか思えなかった。私は西洋映画に現れる完備した都市の有様を見ると、ますます東京が嫌いになり、東洋の辺陬《へんすう》に生を享《う》けた自分の不幸を悲しみもした。もしあの時分に金があり、妻子の束縛がなかったならば、多分私は西洋へ飛んで行って、西洋人の生活に同化し、彼らを題材に小説を書いて、一年でも多く向こうに留まっていたであろう。大正七年に私が支那《シナ》に遊んだのはこの満たされぬ異国趣味を纔《わず》かに慰めるためであったが、旅行の結果は私を一層東京嫌いにし、日本嫌いにした。なぜなら、支那には前清時代の俤《おもかげ》を伝えた、平和な、閑静な都会や田園と、映画で見る西洋のそれに劣らない上海や天《てん》津《しん》のような近代都市と、新旧両様の文明が肩を並べて存在していた。過渡期の日本はその一つを失って、他の一つを得ようともがいている時代であったが、自分の国の中に租借地という「外国」を有する支那においては、この二つが相犯すことなく両立していた。私は北京や南京の古い物寂びた町々を見、江蘇《こうそ》、浙江《せっこう》、江西あたりの、秋とはいいながら春のように麗《うら》らかな、のんびりした田舎を歩いて、多分に浪漫的空想を刺戟され、地上にかくのごときお伽噺《とぎばなし》の国もあったのかという感を抱いたが、天津や上海の整然たる街衢《がいく》、清潔なペーブメント、美しい洋館の家並みを眼にしては、欧羅巴《ヨーロッパ》の地を踏んでいるような嬉しさを味わった。なかんずく上海は当時の東京や大阪よりもいろいろの施設が遥かに進んでいて、もうその頃から四つ辻には交通巡査が立っていたし、近頃ようよう京都に出来た無軌道電車なども走っていたし、新たに拡張されつつあった郊外の方には、コンクリートの自動車道に並んで、馬の蹄《ひづめ》を損ねないように柔らかい土を盛った馬車道までが作られていた。で、旅行から帰って来た私は、日本を厭《いと》わしく思うと共に、熱心な支那好きになり、更に熱心な西洋好きになった。従って、私の取り扱う題材は西洋を慕う心持ちのものが多く、私の生活様式は、衣も、食も、住も、ひたすら西洋人の真似をして、及ばざらんことを恐れるようになっていったが、そういう私に東京が面白いはずはない。その頃の東京には洋館の借家などはめったになかったし、たまにあっても貴族や高官の住むような大きな屋敷ばかりである。よんどころなく貧弱な西洋家具を買って来て、日本間に飾ってみる。衣服は裁縫の上手な洋服屋を捜して、これも西洋の映画で仕込まれた智識によってモーニングからタキシードまで一と通り揃え、ネクタイの蒐集《しゅうしゅう》までして、まず外見はハイカラな紳士が出来上がるが、その恰好でどこへ押し出すというアテもない。帝劇にバンドマンのオペラがかかったり、精養軒ホテルで結婚の披露があったりする時のほかは、タキシードを着る機会もなく、折角の服も持ち腐れになる始末であったが、それでもモーニングや背広を着込んで、ステッキを振り振り銀座や浅草をそぞろ歩く。そういう時に私の脳裡には、カジノやキャバレーやダンスホールなどが浮かぶのであるが、そんなものがこの都会にはないのだと思うと、「ああ、東京は詰まらないなあ」と、常にも増して感ずるのである。私は上海のカルトンカフェで夜会服を着た白人の男女が幾組も踊っている花やかな光景を見て来たが、私が行った時、そのカフェに日本人のマネージャーがいて、「将来これを東京へ持って行こうと思うんですがね」と、語ったことがあった。しかし私は、その計画には大賛成だけれども、この日本人は日本という国の事情を知らない、こういうものを東京へ持って行って警察が許すはずがないと思ったので、「それはとても駄目でしょうね」と答えておいたが、そういう日本の国情を考えると、いよいよ淋しくなるのであった。私はすでに芸者というものに反感をさえ持っていたので、どんなに異性の友達に憧れても、茶屋や待合には足が向かない。私の求めるものは、生き生きした眼と、快活な表情と明朗な音声と、健康で均斉の取れた体格と、そうして何よりも、真っすぐな長い脚と、ハイヒールの沓《くつ》がぴっちり嵌《は》まる爪先の尖った可愛い足と、要するに、外国のスターの肉体と服装とを備えたような婦人であった。私はそれに似たものを見るためにしばしば金龍館や日本館や観音劇場のオペラへ行った。そしてあの頃の原信子《はらのぶこ》や、岡村文子《おかむらふみこ》や、まだ十四、五の小娘であった可憐な石井小浪《いしいこなみ》嬢の舞台姿を眺めて、幾分か渇きを癒していた。事実、大正

八、九年頃の日本ムスメたちは、女学生さえが海老茶の袴《はかま》を穿《は》いていたので、舞台の上よりほかに洋装の女を見ることは稀《まれ》であった。私の記憶に誤りがなければ、鶴見《つるみ》の花月園に横浜の外人を当て込んだダンスホールが許されたのは、たしかに大正十一年頃で、彼処へぽつぽつ西洋婦人に見紛《みまが》うような服装をした日本の女が来るようになったが、それも大概は横浜に住んで西洋人と附き合っている人々であった。その後東京にも新築の帝国ホテルなどに時々ダンスの催しがあり、二、三の小さなホールも出来たが、何分世間一般が社交ダンスというものを白眼視していた時代なので、到底横浜のような訳には行かず、顔触れもほとんど横浜の連中が押しかけて行くに過ぎなかった。が、とにかく少しずつでもそういう機運が向いて来たからには、やがて東京の空にも紐育《ニューヨーク》にあるような摩天楼が聳《そび》え立ち、町を行く女は皆すっきりした洋装をしてコンクリートの鋪道を沓の踵《かかと》で戛々《かつかつ》と歩み、あらゆる西洋の娯楽機関が輸入されて、カルトンカフェのマネージャーの夢みたことが実現するようになるであろう。何事も西洋を模範とする日本である以上、必ずその時代が来ずにはいない。私はそう思うと、その想像で胸が高鳴るのであったが、翻って自分の年齢を考え、現在のだらしのない東京市を見ると、この雑然たる首府の面目が一新するのはいつの日であろうかという歎声《たんせい》が湧き、その間に自分の青春の去ってしまうのが口惜しかった。自分は東京生まれだけれども、今の東京には何の未練もない。いっそ大火事でもあって、あの五味溜《ごみた》めを引っくり覆《かえ》したような町々が烏有《うゆう》に帰してしまったらいい。そうしたら遅々として捗《はかど》らない改良工事が、一挙にして成就するだろう。私は明け暮れそんなことばかり考えていた。

○

ラフカディオ・ハーンは、人は悲しみの絶頂にある時に見たり聞いたりしたことを生涯忘れないものだといった。だが私はまた、人はどんなに悲しい時でもそれと全く反対な嬉しいことや、明るいことや、滑稽《こっけい》なことを考えるものであるように感じる。なぜなら私は、かの大震災の折、自分が助かったと思った刹那横浜にある妻子の安否を気遣ったけれども、ほとんど同じ瞬間に「しめた、これで東京がよくなるぞ」という歓喜が湧いて来るのを、如何《いかん》ともし難かったのである。私は前にもいうように、火に包まれて逃げまどう妻子の身の上を案じながら小涌谷まで歩いたのであったが、しかしその間も、この「しめた」という考えが一方に存在していて、時々それで頭の中が一杯になり、悲しい想像や心配を忘れさせてしまう数分間、あるいは数秒間があった。陰鬱な雲の間から急に日が洩《も》れてあたりを明るくするように、その考えは私の前途に希望を投げ、私を勇躍抃舞《べんぶ》させた。私はこの未曾有の瞬間に妻子と相抱いて焼け死ぬことが出来なかったのを悔い、彼らを置いてひとり箱根に来ていたことを、責め、怨み、憤ったけれども、「東京がよくなる」ことを考えると、「助かってよかった、めったには死なれぬ」という一念がすぐその後から頭を擡《もた》げた。妻子のためには火の勢いが少しでも遅く弱いようにと祈りながら、一方ではまた「焼けろ焼けろ、みんな焼けちまえ」と思った。あの乱脈な東京。泥濘と、悪道路と、不秩序と、険悪な人情のほか何物もない東京。私はそれが今の恐ろしい震動で一とたまりもなく崩壊し、張りぼての洋風建築と附け木のような日本家屋の集団が痛快に焼けつつあるさまを想うと、サバサバして胸がすくのであった。私の東京に対する反感はそれほど大きなものであったが、でもその焼け野原に鬱然《うつぜん》たる近代都市が勃興するであろうことには、何の疑いも抱かなかった。かかる災厄に馴れている日本人は、このくらいなことでヘタバルはずはない。サンフランシスコは十年を経て前より立派な都市になったと聞いているが、東京も十年後には大丈夫復興する。そして、その時こそはあの海上ビルや丸ビルのような巍《ぎ》然《ぜん》たる大建築で全部が埋まってしまうのである。私は宏荘《こうそう》な大都市の景観を想像し、それに伴う風俗習慣の変革に思い及んで、種々な幻影を空に描いた。井然《せいぜん》たる街路と、ピカピカした新装の鋪道と、自動車の洪水と、幾何学的な美観をもって層々累々とそそり立つブロックと、その間を縫う高架線、地下線、路面の電車と、一大不夜城の夜の賑わいと、巴《パ》里《リ》や紐育《ニユーヨーク》にあるような娯楽機関と。そして、その時こそは東京の市民は純欧米風の生活をするようになり、男も女も、若い人たちは皆洋服を着るのである。それは必然の勢いであって、欲すると否とにかかわらずそうなる。為政者達が我が国の淳風《じゅんぷう》美俗を口にして西洋流の奢侈《しゃし》逸楽《いつらく》を禁じようとしても、旧式の劇場が亡び、寄席が亡び、花柳界が亡んでしまった暁には、それに取って代わるものが出現せずにはいない。そう考えた時、復興後の東京の諸断面が映画のフラッシュのごとくいくつもいくつも眼前を掠めた。夜会服と燕尾服《えんびふく》やタキシードとが入り交じってシャンペングラスの数々が海月《くらげ》のように浮游《ふゆう》する宴会の場面、黒く光る街路に幾筋ものヘッドライトが錯綜《さくそう》する劇場前の夜更けの混雑、羅綾《らりょう》と繻子《しゅす》と脚線美と人工光線の氾濫であるボードヴィルの舞台、銀座や浅草や丸の内や日比谷公園の灯影に出没するストリートウォーカーの媚笑《びしょう》、土耳古《トルコ》風呂、マッサージ、美容室等の秘密な悦楽、猟奇的な犯罪。いったい私は、そうでなくてもいろいろ突飛な妄想を描いて白日の夢に耽《ふけ》る癖があるのだが、これらの幻が実に不思議にも、妻や娘の悲しい俤の間に交じって、執拗に纏綿《てんめん》するのであった。しかも私は平坦な路を無意識に歩いていたのではない。御承知の通り、彼処は左側が高い崖で右側が深い谷であり、その間を一本の山路がうねっているのだが、路はその夏工事をしたばかりで、柔かい土がところどころ谷へ崩れ落ち、ある部分は木の根岩角に掴《つか》まらなければ、ずるずると足の下が滑っていった。路が残っているところでも、あの箱根山の頂辺には大きな焼け石のような岩がごろごろしていたのが一度に振り落とされたので、それらが場所を塞《ふさ》いでいた。のみならず、いつ揺り返しが来るかも知れない危険もあった。だから私は歩くということにかなり注意を集めなければならなかった。そういう最中に私の空想は家族の運命と未来の東京の花やかな絵巻とを交互に趁《お》っていたのである。私の悲しみは大きかったが、喜びもそれに釣り合っていた。東京の面目一新、あらゆる近代的蠱惑《こわく》の坩堝《るつぼ》の出現、恐らく自分の生きているうちに際会することは出来ないであろうとあきらめていたものを、地震が持ち来たしてくれたのだ。四、五十年を要する推移が、十年に縮められたのだ。自分の妄想はもはや空中楼閣ではなくなった。私は、これから生まれて来る者の幸福を思い、今年七、八歳になる少女の十年先を考えては、期待に胸が躍るのであった。もう彼女たちは畳の上に坐ったり、帯で胴体を締め付けたり、重い平べったい木の穿き物を引き摺《ず》るようなことはないであろう。そして彼女たちの肉体が健やかな発育を遂げた頃には、家庭に、街頭に、競技場に、海水浴場に、温泉地に、旧時代の日本が夢想だもしなかった女性美が見られるであろう。それはほとんど人種が違ってしまったような変化であり、姿も、皮膚の色も、眼の色も、西洋人臭いものになり、彼女たちの話す日本語さえが欧洲語のひびきを持つでもあろう。私は自分の歳を考えると、十年という歳月が待ち遠しかった。十年たてば自分は四十八歳になる。ああ、せめてもう十年若かったら、今の喜びはもっともっと大きいであろうに。それを思えば一年でも早くそういう時が来てくれるといい、願わくは四十五歳になるまでの間に。

そして願わくは新東京の娘たちが自分を相手にしてくれる間に。私はかく考えつつ山路を下って行ったのであった。

〇

小涌谷へ着くと、一と夏を一緒に暮らした顔馴染みの連中がホテルの前の遊園地に避難していたが、私はそこで悔恨の情を新たにさせられたのであった。なぜかというのに、そこに居合わせた人々は、日本人も外国人も、大概は家族連れで、私のように妻子と離れている者はなかった。彼らは互いに、親子、夫婦、兄弟が手を執り合って危難を逃れたことを喜び、こういう際に一緒にいることが出来た幸運を、心から感謝している風であったが、その光景は私にとって何よりも辛い見物であった。「奥さんやお嬢さんはどうなさいましたでしょうねえ」と案じてくれる彼らの言葉の半面には、私の不幸に引き換えて自分たちはいいことをしたと思う様子が見え、なぜこの人は妻子を置いて来たんだろうと非難するかのごとくであった。ただ、今となって私の願うところは、震災の範囲と程度が少しでも小さく、横浜や東京が無事であってくれればいいという一事であったが、ホテルのマネージャーのH君は、別な理由から出来るだけ災害の地域の大きいことを望んでいた。もっともこれはH君ばかりではない、地元の人は皆そう望んだというのは、従来箱根はしばしば火山性の地震があり、それが大袈裟に伝わったために客足が減じる傾向があったので、もしかくのごとき大地震が箱根だけのものであったら、この土地の再起は覚束ないという憂いを持っていたのである。そしてH君を始め土地の人々は、箱根のためには不幸だけれども東京や横浜までがこんな大地震に見舞われたとは信じられない、どうしてもこれは箱根だけの局部地震であろうといって、はなはだしく悲観するのに反し、私はまた、彼らの悲観が当たってくれればいいけれども、去年の暮れと、今年の春と、二回までも横浜に稀な強震のあったことを考え、かねがね聞いていた専門家の予想を思い合わせて、必ず関東一円の大震であろうと断定せずにはいられなかった。やがて、午後一時頃に宮の下が火災を起こしたらしく黄色い煙が天に沖するのが見え、夕刻、小田原の町の方角がぽうっと赤く染まっているのを遥かな山の麓《ふもと》の空に望んだ時には、私はいよいよ自分の断定が的中したという念を強めた。夜に入ってから人々は遊園地の芝生にテントを張ったが、眠られないままに再び地震の範囲について議論し合った。土地の人はやはり箱根地震説を唱えて、世界的に有名なこの温泉地ももう駄目になるのではないかという悲観論を繰り返す。それに対して、私はあるだけの地震学の智識を傾けて、そんなことは無用な心配だ、さっきの地震はそんな局部的なものではあり得ない、箱根の災害などは大都会のそれに比べればてんで問題ではないであろう、すでに諸君は宮の下が焼けたのを見、小田原が焼けたのを見たではないか、この遊園地からは小田原より先は見えないけれども、大磯《おおいそ》も、平塚も、鎌倉も、そして、私には最も苦痛な想像であるが、私の妻子の住んでいる横浜も、現にかく語っているこの時刻に、盛んに燃えつつあるであろう、横浜にして然りとすれば、東京も安全なはずはない、いや恐らくは、東京こそこの地震の中心であって、あれから房総半島へかけての災害が一番激甚であろうといった。だが人々は私の所説があまり彼らの推定とかけ離れているので、容易に首肯する者はなかった。誰も彼も東京や横浜がそういう惨状を呈していようとは信じなかったし、また信じたくないのであった。私は彼らに、私の言を疑うならば誰かこの後ろの山の頂辺へ登って東の方を望んでみ給え、必ず東京や横浜の燃えているのが見えるであろう、普通の火事なら見えないかも知れないが、何十万、何百万という人口を持つ大市街が燃えているのである、東京湾の津々浦々が炎を揚げているのである、そうだとすれば、天を焦がす偉《おお》きな火光が見えないはずはないといったが、進んで登ってみようという酔興者もいなかった。彼らは不安な微笑を浮かべて眼を見合わせるばかりであった。私は一人も自分の説を信じてくれないのが不平でもあったし、よく考えれば、それは妻子の悲惨な最期を祈るようなものでもあったし、変に矛盾した心持ちでテントの蔭に身を横たえたが、夜が更けるにつれて私の脳裡には傷ましい幻影ばかりが浮かんだ。私は再び、夫を呼び父を呼ぶ細々とした声を聞いて、ひとり枕を濡らしたが、そうするうちに静かな雨が降り出したので、そのさめざめとした雫《しずく》の音が間もなく新たな哀愁を誘った。もしこの雨が横浜にも降っているとすれば、火の勢いをいくらかでも殺《そ》いでくれるであろう、とすると可憐な者共は焼死を免れたであろうか、それともこの雨は、どこかの路端にころがっている妻や娘の亡き骸の上に、無残に降りそそいでいるであろうか。私は毛布にくるまりながらそういう悲しい夢を抱いて一と夜を悶《もだ》え通したのであった。

○

さて、それから十有一年の歳月が過ぎた。待ち遠に思った震災後の十年は、去年（昭和八年）の九月一日をもって完了し、私はもはや四十九歳に達している。だが、現在の私、そうして現在の東京は如何。この世は一寸先が闇で、何事も予期の通りには行かないというが、私はかつて小涌谷の山路を辿りながらさまざまな妄想に耽《ふけ》った当時を追懐して、今日のような皮肉な結果を見たことを喜んでいいか悲しんでいいか、不思議な気持ちがするのである。まず何よりも、私があの時想像した震災の範囲、東京が蒙《こうむ》った惨禍の程度、並びにその復興の速度と様式とは、半ばは的中し、半ばは的中しなかったといえる。私はあの時箱根の人々の短見を嗤《わら》ったのであったが、私の推測も大袈裟過ぎていた。関東一円の地震という観測に誤りはなかったけれども、被害は東京府下よりも神奈川県下の方がひどく、なかんずく小田原・鎌倉・片瀬近傍が第一であって、東京は横浜に比べると、犠牲が思いのほか少ない。横浜にいた私の一家眷属《けんぞく》でさえ一人残らず助かったのであるから、東京で死んだ人はよくよく運が悪いのである。被服廠《ひふくしよう》や吉原《よしわら》の死傷は大変な数であるけれども、私は実はあの何倍かの惨事を考え、全東京市が被服廠のようになるであろうと予想していた。しかるに東京においては大概な家屋が倒壊を免れ、火が比較的長い時間にのろのろと燃え拡がったために、下町の住民も大部分は無事に逃げ延び、山の手の市街はほとんど旧態を保つことが出来た。従って東京市の復興は、十年の間に見事成し遂げられたとはいえ、私が思ったような根本的な変革とまでは行かなかった。私は当時の後藤（新平）内相が三十億の資金をもって一旦焼け野原を政府に買い上げ、規矩《きく》整然たる新市街を建設するという大規模な案を聞いた時、心私《ひそ》かに快哉《かいさい》を叫んだ一人であったが、その後内相の案は実行されずにしまったので、旧東京の不規則な街路の俤《おもかげ》はなお充分に跡を絶ったとはいいにくい。なるほど、隅田川を始め諸所の河川には軽快な弧線を描いた大小無数の橋梁《きようりよう》が懸かった。丸の内から、銀座、京橋、日本橋に至る界隈は、文字通り面目を一新した。されば私は、汽車で品川から新橋を過ぎ、中央ステーションへ這入る時、沿道の景観を俯瞰して、これが幼年の頃しばしば半日を遊び暮らした淋しい草原のあったところかと、常に訝《あや》しみ驚くのである。外国から帰って来た人々は、今の東京の立派さは、おおさ欧米の一流の都市に劣らないという。いかにも、若き日の私が西洋のフィルムを見て夢想した市街も、これほど荘麗なものではなかった。いやいや、大正十二年の九月一日、あの山路を歩いていた私に妻子の不幸をさえ忘れさせた白日の幻も、この眼前の輪奐《りんかん》の美には及ぶべくもない。が、そういう外観上の変化は、市民の嗜好《しこう》や、風俗や、習慣や、言語や、動作に、どれほどの影響を齎《もたら》したというのか。正直のところ、これも私の想像があまり先走りし過ぎていたので、彼らは私があの時予測したようには欧米化していないのである。近頃ステッキガールというようなものが巷に現れ、カフェやバーの繁昌《はんじょう》は花柳界を圧倒し、映画やレビューの流行は歌舞伎の客を奪いつつあるとはいうものの、キャバレーやカジノは愚かなこと、上海のカルトンカフェに匹敵するものさえなお存在を許されてはいず、ダンスホールは昔のように兎角《とかく》の非難を招いている。そして銀座通りを歩けば、堂々たる大ビルディングの間に伍して大阪式の甘いもの屋が行人の食慾をそそり、市民は今も灘《なだ》の生一本に酔いを求め、鮨《すし》の立ち喰いや小皿物に舌鼓を打ち、支那料理や西洋料理が歓迎される一方に、日本料理の盛んなことも往時を凌《しの》ぐものがあって、いまだに彼らのほとんど全部が米の飯を常食とし、刺身や豆腐や沢庵《たくあん》や味噌汁を食っているのである。女子の洋装が殖えたとはいうものの、女学生や女車掌の制服と女中たちのアッパッパを除いたら、洋服らしい洋服を着た夫人や令嬢たちの数は、果たして何割あるであろうか。夏はいくらか多いけれども、冬の街頭や百貨店内を見渡したら、十人に一人もいないかも知れない。オフィスガールまでが、半数は和服を着ていると見ていい。まことに東京の近代化、もしくは西洋化は、女子の服装と一般の食味において最も遅れているように思える。

○

けだし東京の市民生活の西洋化が、震災という絶好の機会を得たにもかかわらず、十年前に私が期待したような過激な進展を示すことがなく、今もなお遅々たる歩みをつづけているのには、いろいろの理由があるのであろう。たとえば災害の範囲が大体下町に限られて山の手の方がなまじその儘《まま》に残ったために、新東京の建設にも多少の手心が加わったであろうし、引いてはそれが市民に二重生活を余儀なくせしめてもいるのであろう。が、実はそういう物質的な事情よりも、より深いところに重大な原因があるのかも知れない。よし東京市が寸土を余さず焼けてしまい、完全に新たな市街がその跡に打ち建てられたとしても、苟《いやしく》も二千数百年の伝統を持つ国民の気質や習慣は、なかなかそのくらいな外的条件では亡びないのかも知れない。私はさっき、東京の市民はいまだに米の飯を食っていると書いたが、これは「いまだに」ではなく、ひょっとすると「永久に」なのであろう。今日米価の調節が政治上の枢要な問題として扱われているのを見ても、東京市民、従って日本国民が、パンを常食とするような時代が近い将来に実現されようとは思いも及ばない。十年前の私がそういう無茶な予想をしたのは何とも滑稽千万であるが、しかし若い時分には誰しも「西洋」に魅惑されて、かかる改革が容易に行われ得るように考えるのである。昔、ほんとうかどうか分からないが、文部大臣の森有禮《もりありのり》氏は日本語や日本文字を廃して国民に英語をしゃべらせ、英文字を学ばせようという案を立てたが、かえって外人の識者にそのことの行われ難い所以を教えられて、悟るところがあったという。当時の森文相は何歳であったか知らぬが、ああいう有為な政治家にしてなおかつそんな謬想《びゅうそう》を抱くのだとすると、日本の青年が一度は私と同じような夢を描くのももっともである。つい四、五年まえ、左傾思想が横行した頃には日本の国家や社会組織の変動が数年内に起こらなければならぬもののように考え、それを必至の勢いであると思い込んでいた青年が、いかに多かったことであろうか。私は元来政治の方には関心を持っていないので、衣食住の様式、女性美の標準、娯楽機関の発達等のことばかりしか考えていなかったのであるが、それにしても現在の東京を見て如何の感があるかというのに、十年前の私としては幻滅の苦杯を喫した訳であるが、豈図《あにはか》らんや、東京以上に自分自身が変化したのを発見してそぞろに浩歎《こうたん》するのである。永井先生の「つゆのあとさき」にある松崎という法学博士は、尾張町《おわりちょう》の四つ辻に彳《たたず》んで銀座街頭の夜景を眺めながら、松崎は法学博士の学位を持ち、もと木挽町辺に在った某省の高等官であったが、……麹町の屋敷から抱車で通勤した其の当時、毎日目にした銀座通と、震災後も日に日に変って行く今日の光景とを比較すると、唯夢のやうだと云ふより外はない。夢のやうだといふのは、今日の羅馬人《ローマ》が羅馬の古都を思ふやうな深刻な心持をいふのではない。寄席《よせ》の見物人が手品師の技術を見るのと同じやうな軽い賛称の意を寓するに過ぎない。西洋文明を模倣した都市の光景もこゝに至れば驚異の極、何となく一種の悲哀を催さしめる。

というような感慨を洩らし、またその先の方で、

君江は同じ売笑婦でも従来の芸娼妓とは全く性質を異にしたもので、西洋の都会に蔓延してゐる私娼と同型のものである。あゝ云ふ女が東京の市街に現れて来たのも、之を要するに時代の空気からだと思へば時勢の変遷ほど驚くべきものはない。

といっていて、この一節があの物語中で最も強く私の心を打つのであるが、私は「驚異の極」である西洋文明の模倣を目撃して、格別の喜びを感じるのでもなければ、その模倣の

度が足りないことを不満に思っているのでもない。ありていにいうと、まあこの程度に止まってよかったというような、期待が裏切られたことにかえっていくらかの慰めを感じ、かく感ずる現在の自分を省みて、松崎博士と同じような悲哀にとざされるのである。まことに世間のことは何一つとして意のごとくにならないものだが、分けても自分自身のことほど測り難いものはない。十年後の東京を見透かし得たと信じた私は、その見透《みとお》しにおいて誤っていたのみならず、明日の我が身がどう変わるかも知れないことを、勘定に入れなかったのである。今日、こんな風に変わり果てた帝都の有様を見て、喜んでいいか悲しんでいいか迷っている私。東京が西洋化した頃には、いつか自分が西洋嫌いになっている私。そして未来の東京に望みを抱くよりは、幼年時代の東京をなつかしむ私。ああ、人間万事塞翁《さいおう》が馬とはかくのごときことをいうのであろうか。

○

もっともあの当時、私は十年後を考えてすでに早く遅暮の感を催したことは事実だけれども、それは自分の肉体の衰えを憂えたのであって、心境までがこういう風に変わるであろうとは思っていなかったのである。だが、かく心境の変わったことも、やはり肉体の衰えが齎した結果で、他に原因はないのであろうか。自分自身のことを語る資格のない私は、それについても自分では判断の下しようがない。ただ震災後、ほんの一時の避難のつもりで関西へ逃げて来たことが、私を今日あらしめた第一歩であったように思われる。では何故に関西へ走ったかというのに、私は大正十年の春、大正活映の「蛇性の婬《いん》」のロケーションで久方ぶりに京都や大和地方を訪れてから、上方が好きになっていたのであった。これは西洋かぶれのしていた当時としては一寸《ちょっと》矛盾のようだけれども、自分は外人が広重の絵を珍重するような意味で、旧き日本をエキゾティズムとして愛するのだと、そうまあ自分では解釈していた。それというのが、その頃の私は山手の外人街に住み、アマの部屋以外には畳の部屋が一つもない家屋に起居して、西洋料理のコックを置き、朝夕靴を脱いだことのない生活をしていたので、外人の遊覧客と同じような気分をもって奈良や京都に遊ぶことが出来た。私にはそれが愉快であった。のみならず、私は明治の末年以来長らく関西の土を踏んだことがなかったが、十年振りで行ってみると、北京や南京や江蘇・浙江あたりにある古い東洋のよいところが、日本の旧都附近にも残っていることを知ったのである。私はそれらの土地や風俗に同化したいとは思わなかったが、それらを一幅の絵として眺める時、少なくとも乱雑な東京より遥かに魅力のあるものとして愛着を持った。で、まあ最初は、新しき東京が出来上がるのを待つ間、腰かけのつもりで阪神の沿線に居を構え、古風な京都とハイカラな神戸とに生活の変化を求めながら暮らしていこうとしたのであったが、あの当座は私以外にも随分多くの罹災民《りさい》が流れ込んで来たものであった。私の最も親しい人では第一に小山内《おさない》君＊六がいた。氏は大阪の谷町にあったプラトン社の顧問をしておられたので、地震の少し前から六甲苦楽園に別荘を借りておられたが、地震を機会に東京を引き払って大阪の天王寺に移られ、今の直木君や川口松太郎君と共に「女性」の編輯《へんしゅう》に従事しておられた。映画関係ではキネマ旬報社が、今では西の宮の市内に這入《はい》ったが、当時はまだ淋しかった夙川《しゅくがわ》の土手の松並木の下にあったので、田中三郎、田村幸彦、鈴木俊夫の諸君がそこを梁山泊《りょうざんぱく》にしておられ、古川緑波《ふるかわろっぱ》君などもときどき東京から賑やかしに来られた。そのほか、横浜で顔馴染みの外人はほとんど全部神戸へ移って来たといってもよく、ダンス友達のこちらへわざわざ踊りにやって来る者も少なくなかった。そういえばあの頃の阪神間における罹災民気分も、今となってはなつかしい思い出の一つである。花月園やグランドホテルの恰好な踊り場を失った我らは、ただもう踊りたいためにでも神戸の近所に住まんことを欲し、震災の年のクリスマスやニューイヤースイーヴには早くもファンシーボールの興を尽くしたのである。焼け出された我らは、日本人も西洋人も、見知らぬ土地で最初の新年を迎うべく相擁して踊りながら、ありし日の横浜の繁栄を語り、再び復るすべもないあの港での楽しい生活に懐旧の情を寄せたのであった。あのリッチ事件で問題を起こしたF嬢なども当時は神戸に見えていたが、ああいう顔触れがいかに震災前の横浜の記憶を我らに強く呼び起こしたことか。いったいあの頃、関西では神戸のホテルに折々催しがあるだけで、大阪のカテージやカフェユニオンや、京都京極《きょうごく》のカフェローヤルなどは至って殺風景なものだったので、我ら罹災民は寄ると触ると横浜の昔を恋しがり、花月園やグランドやオリエンタルの豪華を偲《しの》んだものであった。が、そういう罹災民時代もほんの二、三年だったであろうか。震災地の焼け跡にぽつぽつバラックが建つようになると、我らの仲間は一人減り二人減りして次第に関東へ引き揚げてしまった。小山内君などは真っ先に帰って、土方与志《ひじかたよし》君と築地《つきじ》小劇場を起こした。横浜から来た外人でさえが、神戸の外人とはどうも反りが合わぬといって戻って行った。それだのに私だけは、とうとうこちらに居着いてしまったのである。それはその後も引き続いて頻々と起こる関東の地震が、地震嫌いの私を一層臆病《おくびょう》にしたせいでもあり、時々様子を見に行っても復興の事業の捗らないのに業を煮やしたからでもあり、それよりも何よりも、関西の地そのものが、というのは、神戸ではなく、大阪や京都や奈良の古い日本が、知らぬ間に私を征服してしまった故であるが、そういう私の内部における変遷を語るのはこの稿の目的以外であるから、一応の順序としてこれだけを述べるに止めよう。とにかく私は、大正十五年の正月、二度目の上海見物から帰って来て以後二、三年の間に、だんだん洋風生活に「おさらば」を告げるようになったのである。

○

そういう次第で、私は現在では自分を東京人であるとは思っていない。中年に及んで移住したので、全く関西に同化しきれようとは信じられないが、でも出来るだけ同化したいと願っていることは事実であって、東京には何の未練もない。考えてみると、過ぎ来し四十九年のうち、東京に住んでいたのが約三十五年、湘南地方や横浜に転々と居を移したのが約三、四年、それから地震で阪神の蘆屋《あしや》に逃げて来てからが十一、二年、とすると、今のところでは東京在住の期間が一番長かった訳だけれども、関西生活の十一、二年も私の過去の生涯においてもはや相当の分量を占めている。かつや自分の熟知していた東京の下町はことごとく灰燼に帰してしまい、町の条理さえも変わってしまった今日となっては、そこが自分の生まれた土地であったという以外に、何の因縁も感じられない。自分が七歳から十二、三歳の頃まで暮らした南茅場町《みなみかやばちょう》の家の跡などは、千代田橋から永代へ通う大道の真ん中になっているという有様、親戚故旧など多くは散り散りに、そして大概は微禄《びろく》して場末の方へ引っ込んでしまったり、朝鮮の果てへまで流れて行ったりする始末で、もう東京の日本橋区というところは自分の故郷ではなくなっている。それでも私は、こちらへ来てから二、三年の間は折々上京する毎に「帰って来た」という気がしたけれども、いつからともなくその関係が逆になって、一週間も東京にいると早々に上方へ「帰り」たくなり、汽車で逢阪山《おうさかやま》のトンネルを越え、山崎あたりを通り過ぎるとホッと息をつくのである。そんな訳だから、私は復興後の東京に対しては一箇のエトランゼであって、何事も語る資格はない。たとえば自動車に乗って街を走るとして、ふと窓外に眼を転じた時、大阪や京都なら「今どの辺を走っている」という感覚があるけれども、近来の東京では見当のつかない場合が多い。昔なら乗物の中で急にぱっと眼を開いても、ここは赤坂らしいとか神田らしいとか、一見して直覚出来たものだが、今では東京の町の匂いが分からなくなり、時によっては方角さえも見失う。現に去年の秋、辰野隆《たつのゆたか》君と夕方の五時に星ヶ岡茶寮で遇う約束をして、四時半まで上野の院展を見物し、山下からタクシーを走らせたのはいいが、その運転手が星ヶ岡を知らない。麴町《こうじまち》の山王様といっても日枝神社といってもやはり知らない。私はそれは知っているが、そこへ行くまでの近道が分からない。そんなことで大分遅刻をしてしまったが、土地に対するそういう感覚を失ったことは、自分がもはやその土地でのただの旅人に過ぎないという何よりの証拠である。いったい道を覚えるのには、徒歩か、電車ででも往復しなければなかなか呑《の》み込めないものなのに、たまに出て来ては三、四日自動車を乗り廻してすぐまた帰ってしまうのであるから、物覚えが悪くなっている老年の私には、もう永久に東京の町筋を覚え込む機会はないであろう。しかも私は、そういうたまの上京に際しても古い友達を訪ねることなどはほとんどない。打ち明けていうと、懇意な雑誌社との取引上の用務か、拠ん所ない関係の祝儀・不祝儀に出席するため、毎年二、三回は出て来るけれども、用が済めばいつもコソコソと、どこへも顔を出さないようにして逃げるように引き揚げる。自分の上京中のことが新聞の消息欄に出て、方々から電話がかかって来ても、大概は体よく断ってしまい、出発の時間なども秘し隠しにして、誰にも見付からずに下りの夜汽車に乗り込んでから、まあよかったと始めて安心するのである。

○

しからば震災後の東京のどこがそんなに厭《いや》なのかといわれると、実は自分でもその心持ちをはっきり探り当てるのに一寸《ちよつと》困難を覚えるのである。それは自分が西洋厭《ぎら》いになったがために、今の欧米化した街衢が気に入らないというのでもない。とにもかくにも復興後の帝都の壮麗さには私といえども時に讃嘆《さんたん》の情を禁じ得ないものがあるが、そういう新しい方面よりも、むしろその新しいものの中に残存している旧い東京の俤、たとえば市民の顔つきだとか、話振りだとか、物腰恰好だとか、食い物だとか、着物だとか、一と口にいえば、東京人の趣味とか気風とかいうものが、どうも昨今の私には溜《た》まらなく鼻につくのである。多分東京に住んでいる中流階級以上の男女は日本人中で自分達が一番気の利いた人種のように己惚れていることであろうが、正直のところ、どうも私にはああいう連中が何となく薄ッぺらで、気障《きざ》で、繊弱で、どこかに淋しい影が纏《まつ》わっているように思われてならない。もっともかくいう私自身も、生まれは争われないものであるから、関西人の眼から見たら定めし御他聞に洩れないであろう。それで東京に住んでいた頃は、他人のことにも自分のことにもいっこう気が付かなかったのであるが、こちらへ来てから遥かに東京の生活を想い、またはときどき上京してみると、それが切実に分かるような気がする。私はそういう東京人の臭味を一概に嫌うというのではない。何といっても自分の両親や伯父伯母や竹馬の友の間などに共通した特長であるから、そこにはいうにいわれない懐かしみもあるのだけれども、それだけにまたそれがたまらなく不愉快でもある。思うにこれは東京人にも大阪人にも容易に理解されない気持ち、私のように生まれ故郷の東京を見捨ててしかもなお東京と縁を切ることが出来ずにいる者のみが知る感情であろうが、私はこれをいかに説明してよいか表現の言葉に迷うのである。が、まあ例を挙げていうと、数年前、ある時辻潤《つじじゅん》がぶらりと岡本へやって来て、鮒《ふな》の雀焼を土産にくれたことがある。辻はその時、「君、これは千住《せんじゅ》の鮒の雀焼だぜ、こっちにいるとめったに食えやしないだろう」と、そういいながらその雀焼の小さな折を私の前に出したのであった。いつでも何の前触れもなしに飛び込んで来る風来坊の辻潤が手土産を提げて来たのさえ珍しいのに、あのなつかしい千住名物の雀焼と聞いては、私も何がなしに少年時代が想い出されて、「ああ、それは有り難いね」と心の底から喜んでいった。関西の人は雀焼といったって恐らく知らないに違いない。鮒の身を開いて、甘辛い下地《したじ》をつけて焼いて串に刺した、佃煮のように真っ黒な色をしたもので、その恰好がふくら雀のような円い形をしているところから雀焼とでもいうのであろうか。そう特別においしい物でも何でもないが、でもそれを名物にしていた家が千住と両国辺にあったので、震災後の現在もそういう店が残っていることが分かってみると、それが珍味であるという以外に、いろいろとそれに関聯《かんれん》した思い出が湧くのである。昔の江戸っ児、分けても下町のお店者《たなもの》などは、長火鉢の前にすわりながらこんな物を肴にして一杯やったものであるが、私の父なども実にその一人であって、図らずも今黒いカサカサしたその鮒の色を眺めると、ありし日の両親の姿や、私の十台頃の我が家の食膳の光景がまざまざと浮かんで来るのであった。全く私は、東京にこんな食い物があったことを長い間忘れていた。それにしてもまあ雀焼とはよくも思いついたものだけれども、それがまた辻という人柄にいかにもしっくり嵌《は》まっているので、なるほど辻が土産にしそうなものだわいと、改めて感心したのであった。といっただけでは分かるまいが、それは見るから佗《わ》びしい、ヒネクレた、哀れな食い物なのである。今の大東京市というものとこの鮒の雀焼とはどう考えても両立しようとは思われないほど、貧弱な、情けない「名物」なのである。ことのついでに私はさまざまな東京の食い物、関東の方が本場となっている名物について考えてみたが、まず想い出されたのは浅草海苔である。それから塩鮭、塩鱈《しおだら》、塩煎餅、納豆、佃煮、タタミイワシ、クサヤの乾物等々である。これらの中には事実は東京産でないものもあろう。たとえば海苔などは東京湾で採れるものは年々少なくなり、大部分は和歌の浦や伊勢湾から集められて、再び浅草海苔という名前の下にこちらへ逆輸入されるのだと聞いている。それに東京名物といっても、近頃は関西で得られないものはほとんどない。上に列挙した品目のうちで、納豆は私がこちらへ来てからポツポツ見かけるようになり、今もほんとうに得られないのは塩鱈とタタミイワシだけであろう。関西の人は鱈といえば干鱈《ひだら》かぼう鱈のことと心得て、塩鱈のあることを知らない。タタミイワシに至っては絶対に見られない。だが、これらの食い物を見渡したところ、うまいまずいは別として、なんと不思議に寒気のするような、あじきない物が多いことよ。私の友人の偕楽園《かいらくえん》主人はタタミイワシと鮫《さめ》の煮つけが大好きで、あれさえあればほかのお数はいらないというのだが、あの麩糊《ふのり》に似たタタミイワシを考えると、私は悲しくなるのである。もちろんあれを芳《こう》ばしく焼いて、上等の醬油をふりかけた風味は悪くはない。しかしそれにしても、あの薄っぺらな、名も知れぬ雑魚を寄せ集めたようなものをバリバリと嚙んで飯を搔っ込むというのは、何としても侘びしい。食べる当人は満足でも、はたから見ると決して景気のいいものではなく、いかにも詰まらないものをお数にしているように見える。で、このタタミイワシと雀焼にある一脈の淋しさ、それを私は東京人の生活のあらゆる方面に感じるのである。

○

食い物の話になったついでに、その方の例を引くのが早分かりだと思うから、なおもう少しいわせて貰おう。元来オツなものといわれるような、ヒネクレた名物は東京に限ったことではない。京や大阪にだって、調べたら随分変わったものがあることであろう。だが一般に魚肉や野菜や鶏肉や牛肉が豊富で美味な上方にあっては、ああでもないこうでもないが昂《こう》じた結果そういうものを摘まむのである。鯛の刺身やグジの塩焼きに飽き飽きした者が、酢茎《すぐき》で茶粥を掻っ込んだりコノコで一杯やるというなら分かっている。ところが東京では正式の料理に使う材料に何一つとしてうまいものがなく、仕方がなしにそういう変なヒネクレたものを漁るのである。前に挙げた鮫の煮つけなどにしても、上方の人に聞いてみると、あんな物はこちらでは商店のお番菜にも使わぬという。私は子供の時分によくあれを食わされた覚えがあるが、あの切り身を東京流の黒い醤油で煮て皿の上へ載せたところは、ちょうど丸太を輪切りにしたように年輪に似た筋があって、何のことはない、木でこしらえた土瓶敷があるだろう、まあ色合いも形もとんとあれにそっくりなのだ。そして骨もない代わりには味もソッ気もないものなのだ。それから塩飛魚《しおとび》、鯖《さば》の味噌煮、私は十六、七から二十歳頃まで書生奉公をした時代にああいうものを毎日お惣菜に食わされた経験があり、今思い出すと懐かしいけれども、味はうまくも何ともない。蠟《ろう》を嚙むがごとしとは全くあんなのをいうのであろう。では生魚で何がうまいかといえば、まず秋刀魚《さんま》に、小鰭《こはだ》に、鰯《いわし》に、シコといったような、ほんのわずかな下魚《げうお》の類である。菓子にしてもその通りで、東京の人は今戸や草加《そうか》の塩煎餅を自慢にするが、上等な干菓子や生菓子があってのならともかくも、羊羹一つろくなものがなくて、塩煎餅が名物とはあんまり野蛮ではないか。もっともモナヵや田舎饅頭にはいくらかうまいものがあるが、孰《いず》れにしても粗野で、貧弱で、殺風景なものばかりである。煎餅にしたって、今戸や草加というところは東京の場末や在方であるから、元来田舎の名物なのだ。東京人はそういう変に佗しいものを「一寸オツだ」といって賞美するのだが、そして昔の江戸っ児は知らず、今の彼らは決してそれを負け惜しみのつもりでいっているのではないのだが、私は実はそのオツという言葉を聞くと、一種のうすら寒い身ぶるいを感じ、その蔭に隠されている東京人の薄ッぺらさを考えて何ともいえず悲しくなる。

○

繰り返していうが、私はそういう東京の名物に反感と愛着との矛盾した感情を抱いているので、遠く離れているとき、馬鹿貝の附け焼きが恋しくなったり柱の山葵《わさび》醬油が無上にたべてみたくなったりする。そうして今度東京へ行ったら存分にたべて来ようと思うのであるが、生憎季節外れであったり、小料理屋を覗《のぞ》く暇がなかったりして、いつも機会を逸してしまう。何しろたべたい物というのが、料理屋よりも小人数な家庭の小鍋立《こなべだて》に適したようなものばかりであるから、遠慮のいらない友達の家にでも泊まって主人夫婦と同じ長火鉢の前にすわり、同じ食卓を囲むのでなければ、なかなか望みが叶いにくい。しかるに去年の十一月末から十二月の下旬へかけ、私は雑誌社の仕事その他の用務を帯びてしばらく滞京する必要が起こり、前後二十五、六日の間、鶴見の上山草人《かみやまそうじん》の宅に客となった。震災後、私がこんなにも長く東京附近に留まっていたことは今度が始めてであって、原稿を書く都合上、静かな草人の家の新築の二階を借りたのであったが、日頃の私の食いしん坊を呑み込んでいる草人は、その長い滞在の期間中すこぶる気の利いたもてなしをしてくれたのである。草人は第一に私に何が食いたいかといった。私は鮟鱇《あんこう》鍋と答えた。次には東北の納豆だといった。それから仙台の辛味噌のオミオツケ、カンモのスジ、馬鹿、柱、シャコ等を所望した。すると草人の曰くに、それらは孰《ど》れも拙者自身の好物で、日夕我が家の食膳を欠かしたことのない物ばかりである、鮟鱇は幸い向島《むこうじま》の学校へ通う伜《せがれ》があるので、帰りに魚河岸へ廻らせて、毎日のように買わせている、納豆は水戸《みと》の駅前から取り寄せて常に何十本となく貯え、毎朝必ず食うことにしている、味噌は仙台から送らせていたが、近頃この近所に佐渡の味噌を売る店があり、試してみると仙台味噌と同じなので、昨今はそれを用いているが、必ずお気に召すことと思う、カンモのスジも倅に買って来て貰う、馬鹿や柱やシャコに至っては、ここは名にし負う東京湾を前に控えた昔の深川のような町だ、あまりふんだんにあり過ぎて我が家の者は食傷しているほどだけれども、御所望とあらばいくらでも差し上げる、そのほか蟹でも章魚《たこ》でも赤貝でも蛤《はまぐり》でも浅蜊《あさり》でも蜆《しじみ》でも、江戸っ児の食う物なら何でもある、というのである。けだし主客が食物について共通の嗜好を有する時ほど、双方に幸福なことはない。私は全く久し振りでそういう江戸前の食物を心行くかぎり賞美した。しかも二十年来の旧友と膝《ひざ》をつき合わせてそれらのものを突ッついていると、思いがけない連想が次々に浮かんで来るのであった。今私の眼の前に、どてらを着て、朝鮮の骨董屋から漁って来たという詩の文句の彫ってあるチャブ台に向かって、スズコや烏賊《いか》の塩辛をセセリながら五勺《しゃく》入りの燗徳利《かんどっくり》で朝酒をたしなんでいる草人の恰好は、私の親父などの様子によく似ている。親父もよくこういう風にほんのちょっぴり朝酒を飲んだ。そして草人がしているようにオミオツケの上へ中辛《ちゅうがら》の七色唐辛を振りかけて啜《すす》った。納豆も水戸から取り寄せるような面倒はしなかったが、その時分毎朝市中を売り歩くのを買ってたべた。草人が一、二合の酒に陶然として、「古への新羅の国の博士等が星を指しけん石甃《いしだたみ》かな」などと自作の和歌や俳句を吟詠するように、私の親父も直に酔っ払って好い心持ちそうに都々逸《どどいつ》や義太夫のサワリを呻《うな》った。ただし草人は五十の坂を越えた今日もなお往年の氣魄《きはく》を蔵し、精悍《せいかん》な東北男児の面目を存しているので、敗残の江戸っ児に過ぎなかった私の親父と比較するのは気の毒だけれども、そういう風なチャブ台の光景を前にしてどてらにくるまっている姿を見ると、どうしても一箇の好々爺《こうこうや》である。これがかつては明治末期の新劇壇に風雲を捲《ま》き起こし、またある時は衣川孔雀《きぬかわくじやく》との艶名《えんめい》を謳《うた》われ、後には北米に雄飛して世界的の映画俳優となり、ダグラスやジョンバリモーアと共演しコンラドファイトを蹴落としたりした男とは、思えないのである。そういえば彼が十年振りで横浜の埠頭《ふとう》に上陸し、ニューグランドホテルの一室に落ち着いて、歓迎の友人達に日本で何が食いたいかと聞かれた時、やっぱり私と同じように「鮟鱇鍋」と答えたものだった。恐らく彼は十年の滞米期間中、毎年冬が来る毎に鮟鱇の味を想いつづけていたのであろう。それでも帰って来た当座、今後の日本人は畳の上の生活を廃すべしなどといっていたが、間もなく鶴見の山の下にささやかな家を買い、それを建て増したり改築したりして斜楓荘と名付けている今の草庵には、畳でない部屋は一と間もない。竹の柱に茅《かや》の屋根ではないけれども、門の扉を船板にしてこれも朝鮮で仕入れた一対の聯《れん》を懸け、居間には炉を切って床の間や棚にアテ丸太を使うなど、とんと小料理屋か小待合の感じである。そうしてそこに、小さく畏《かしこ》まって坐って、まるまると着ぶくれて、自ら下地《したじ》の加減をし、独活《うど》の切り方がいいの悪いのといいながら鮟鱇の骨を口から手摑みで引き抜いている様子の、いかに似つかわしいことよ。だがまた、これがあの時のモンゴルの王子かと思えば、いかにその姿の佗びしくもあることよ。なぜかといって、御馳走になりながらそんなことをいっては済まないけれども、さまざまの珍味が並べられている膳の上の色どりが、久保田君の口真似をすればそういっても妙にうすら寒くって悲しいのである。元来江戸の「オツな食い物」というものが、独逸《ドイツ》語でフレッセンというペチャペチャ音をさせてたべる動物の食い方、あれで食わなければうまくないものが多い。私の知っている英吉利《イギリス》人の奥さんの日本婦人で、茶漬けを音をさせないで食う人があるが、あれでは当人も旨くなかろうし、見ている方でもまずまずしい。いったい日本の食い物にはそういうものが多いようだが、東京にはことに沢山ある。第一に蕎麦がそうだ。塩煎餅、タタミイワシ、沢庵、海苔もそうだ。いや、シャコや蟹になると、音をさせるどころか、手を使わなければ追っ付かない。上方でも鯛の頭や蟹の身をむしるには手を使うのが早道だけれども、東京ほど野蛮な真似をしないでも済む。蟹なども、こちらのは北国から来る大きい蟹だから始末がいいが、東京の蟹は小さいので、手が余計よごれる。なかんずく東京だけの特産であるシャコと来ては、全く箸を捨ててかかり、両手を使う必要があるので、手がビショビショに下地で濡れる。それを一々ふきんやハンケチで拭《ふ》いていたのでは面倒であるから、チュッチュッと指の腹を舐めずってはたべる。剝《む》きジャコは乙でないといって殻の着いたのを煮て食うのだが、騒ぎの大きい割りにたべられるところははなはだ少ない。胃の腑《ふ》に這入る分量より屍《し》骸《がい》の方が嵩張《かさば》るので、あの百足《むかで》に似た恰好の殻が見る見る膳の上に山を築く。それが、季節が冬であるから、キタナラシイ上にじじむさくて寒そうに見える。実際にまた、たべながら指の先が冷たくなる。で、江戸っ児が鼻をすすりながら醬油に滲みた両方の手を舐めたべる光景は、当人が旨がっていればいるほど、何だかさもしくて哀れを誘う。私の親父なんかは始終そんな物ばかり食いつけていたせいか、何をたべてもチュッチュッと舌を鳴らす癖があったが、草人がやっぱり、舌は鳴らさないけれども、カクン、カクンと、上顎《うわあご》と下顎とを打ちつけてたべる。口の中で、ちょうど獅子舞の獅子が口を閉じるような音を聞かせる。私は関西にいて長い間恋こがれていたものを、今度という今度はウンザリするほど食わされて、さてどんな感想を持ったかといえば、実に上に述べたような堪らなく淋しい、あじきない気分である。ああ、自分がこがれていた江戸っ児の食い物はあれだったのか、四十年前、我が両親の家の長火鉢の前に並んでいたものはあれだったのかと、私は帰りの汽車の中でそぞろに身ぶるいしたのであった。

○

ところで、この東京人の衣食住に纏わる変な淋しさはどこから来るのかと思ってみるのに、結局それは、東北人の影響ではないのか。私はそれについて青森の男が話したことを思い出すのだが、東京の人は仙台というところを東北の玄関のように考えているけれども、青森からみると、彼処は東京の玄関としか考えられないというのである。なるほど、東京と青森の間では仙台の位置がそういう風になるであろうが、もし青森と京都の間、あるいは下関の間では如何。東京の人は政治の中心に住んでいるから、そこを地理的にも人文的にも日本の中心だと考えやすいが、しかしたまたま関西から出かけてみると、何となく東京が東北の玄関のように見え、ここから東北が始まるのだという感が深い。そうして事実、京阪地方に四国や中国の人間が多いように、東京には近いところで栃木、茨城、あれからずっと、会津、米沢、仙台、南部、青森、秋田、あの辺の人間が非常に多い。草人なども仙台から出て来て名を成した一人であるが、震災後は純粋の江戸っ児が次第にどこかへ影を潜めて、東北人の入り込む数がますます殖えていくらしい。その証拠には、昔に比べて東北訛《なま》りの東京弁が非常に多くなったのに気がつく。恐らく自動車の運転手などは東北人が大部分であろう。運転手といえば、いつぞや小石川の目白坂を流しているのを拾って乗ったのが、此奴《こいつ》が一寸《ちょっと》モダン味のあるイナセな兄哥《あにい》で、茅場町まで乗せて行く途々《みちみち》、落語家のような垢抜《あかぬ》けた口調でいろいろと運転手稼業の辛いことを剽軽《ひょうきん》に語り出すのであったが、だんだん尋ねると、色物の寄席が大好きでときどき聴きに行くという。だがこの兄哥のしゃべる言葉が、よく聞いているとやっぱりどこかに野州辺のあの尻上がりのアクセントがあるのだ。いかさま、現代の東京のイキとかイナセとかいう奴は皆これなんだとつくづくその時も思ったことだが、運転手はいいとして待合の女将なんかにズウズウが多いのには全く驚く。それも渋谷や五反田ではない、新橋・赤坂・下谷というようなところに案外それがあるのである。私は経済上のことはよく知らないが、自分に最も縁の近い出版業者の話を聞くと、雑誌でも単行本でも関東よりは関西の方が遥かに多く売れる、京都から西には大阪があり、広島があり、福岡があり、朝鮮満洲の殖民地があって、孰れも相当の読者層を有しているが、関東の方は、ただ東京が全国的に第一位を占め断然群を抜いているほかには、仙台や札幌などは大したことはないという。この一事をもって推論すると、東北というところは東京という恐ろしく立派な玄関を持っているだけで、いや、あるいは玄関にばかり費用をかけ過ぎたために、西部日本に比べると財力も文化も劣っているのだ。そうして東京はその貧しい東北のたった一つの大都会なのだ。かく東京を「東北地方に属するもの」として見る時、昔は「鳥が啼《な》く東《あずま》」といった夷《えびす》が住んでいた荒蕪《こうぶ》の土地が権現様の御入府によって政治的に、というのはつまり人為的に、繁華な町にさせられたものであると見る時、始めて今戸の煎餅や千住の鮒の雀焼きや浅草海苔やタタミイワシが名物であるという理由が分かる。震災前の東京市は市でなくて村だといわれたが、震災後の今も、ある意味において田舎なのだ。米沢や会津や秋田や仙台の延長なのだ。私はかつて東北に遊んで、モヤシのヌタや、鰰《はたはた》の味噌漬けや、ナメコの三杯酢に舌鼓を打ったことがあり、今でもおりおりたべてみたくなるけれども、あの地酒のまずさを想い、それらの食物の東北らしい淋しい色合いを想うと、背筋が寒くなって来て、再び彼《か》の地へ行ってみようという気にはなれない。が、東京のいわゆる「オツなもの」を並べた食膳の色彩も、それと幾ばくの差があるかといいたい。

○

私は、歴史のことはよく知らないが、今の東京、昔の江戸というものの成り立ちを考えると、昨今の満洲国の新都新京のようなものであったろうと想像する。何しろ土地は広いけれども、見渡す限り草ぼうぼうたる原ッぱで、大阪や京都に負けないような新市街を建設することは容易でない。折角道路を作っても、地質が柔らかで、泥濘が深く、雨が降れば溝どろになり、冬になれば霜解けがする。そこへ持って来て秩父颪《ちちぶおろし》の空ッ風がピュウピュウ吹く。日本は気候温暖だとか風光明媚《めいび》とかいわれるのは、瀬戸内海の沿岸、大阪から四国中国へかけての話で、箱根から東は四季を通じて曇天が多く、横なぐりの風雨が強く、全体に土の色が黒ずんでいて、山の形や樹木の姿が荒々しく、海岸の景色も、高砂《たかさご》住の江須磨《すま》明石《あかし》などの白沙《はくさ》青松という訳には行かない。おまけにときどき地震がある。二百十日前後には毎年凄まじい颱風《たいふう》が来る。土着の人はいいけれども、政府の命令でそういう土地へ西国から移って来て、俄《にわ》か普請の家の中に住まわなければならなかった大名や豪商共の家族は、どんなにか心細かったであろう。今でも地方の素封家などが、故郷で失敗して東京へ流れて来、中野や渋谷や阿佐ヶ谷あたりのガタピシした新建ちの借家に世帯《しょたい》を持っているのを見ると、とても気の毒になるというのは、凡そ東京の場末の新開地ぐらい索落たる感じのするところはないのである。これは私の持説であるが、あの辺の冬は恐らく北海道の冬よりも寒かろう。北国は温度が低くてもそれを凌ぎ得るような設備があり、雪が積もればかえって家の中は暖かいものだし、雪国らしい情趣も生ずる。しかるに東京の場末と来ては、雪が積もらないで、空ッ風が吹き募る。同じ借家でも京阪地方のは畳建具が親切に出来ていて、座敷も京間だからユトリがあり、床や柱の材木などもしっかりしているが、東京のは概して貧弱で建てつけが悪いから、隙間洩る風の寒いことといったらない。夜は敷布団を何枚重ねても、畳の合わせ目からさえ寒い空気が這《は》い上がって、スウスウと襟元へ沁《し》みる。それに、町の光景を何よりも哀れに醜くしているものは、あの外囲いの下《した》見《み》である。上方の借家は、外側が壁か、でなければ杉の焼き板を縦に張ってあるので、まだ見られるが、東京の下見という奴は立派な家のでも薄汚い。まして安普請になると、あれがカラカラに乾いて、干割れたり膨れ上がったりしていて、見るからに掘っ立て小屋のようである。広い空の下に、そういう矮屋《わいおく》が両側に並んで、往来の地面はカンカンに凍《い》てている。そこを木枯らしがビュウビュウと紙屑《かみくず》や砂塵《さじん》を吹き飛ばして通る。夕方、訪ねる知人の家が分からないで、そんな家並みの間をウロウロする時、路上で子供が鼻をすすりながら遊んでいたりするのを見ると、実に悲しい。何の因果でこの人達はこんなところへやって来るのだろう。東京東京というが、農村でも田舎の小都会でも、こんな町よりはまだ落ち着きがあるではないか。彼らの故郷の家屋敷の方が、煤《すす》けていても寒暑を凌ぐには足りるであろうし、炉辺の居心地も悪くはあるまいに、こんな場末の生活のどこがよくってと思い、彼らもそれは分かっていながら生きていくために是非なく東京へ集まるのだとすれば、それは政治が悪いのだという風にも思う。が、徳川氏の初期における江戸の下町も、多分あんな風なカサカサした、みじめなものだったに違いない。そして関西から移住した上方人は、武士も町人も秩父颪や筑波《つくば》颪に歯を喰いしばり、魚や野菜のまずいのに苦い顔をしたことであろう。吉原の廓《くるわ》言葉が山出し女の訛りを胡麻《ごま》化《か》すためであったことを思えば、遊女なども京大阪のそれに比べて肌触りが粗く、立ち居振る舞いもふつつかで、熱河や新京のカフェ女の感じがしたであろうから、たまたま憂さを晴らしに行っても、うたた望郷の念に駈られたであろう。春は花見、秋は紅葉というけれども、嵐山や嵯峨《さが》や高尾や栂尾《とがのお》を知っている者には、雑木林と草ッ原と平凡な丘陵の連続のほかに、心を慰める眺めもない。私なんぞが小学校時代に秋の遠足というと滝の川へ出かけたものだが、あんなちっぽけな庭みたいなところが紅葉の名所だったんだから驚く。そのほかには目黒の不動、堀切の菖蒲《しょうぶ》、木下川《きねがわ》、臥竜梅の梅、柴又《しばまた》の帝釈天《たいしゃくてん》、亀井戸の藤、団子坂の菊、池上、大堀の内のお祖師様、そんなのが四季の行楽の地であるとは、まあ情けないではないか。大阪の人が成田の不動様不動様というから山深き霊域にある大した伽藍《がらん》なんだろうと思って、成田駅で下車してドンドン行くと、田圃《たんぼ》や畑ばっかりでいっこうそれらしいものがない、あああそういえばさっき通り路に山門らしいものがあったが、扨《さて》はあれだったのかしら、まさかあんな詰まらないところではと、半信半疑で引っ返してみるとやっぱりそれがそうだったという話があるが、名勝でも神社仏閣でも、関東と関西では奈良の大仏と上野の大仏ほど違う。上野といえば、京の清水寺に模した清水堂というものが今も山内に残っているが、あれを京都の人に見せたら何というだろう。亀井戸の天神様の太鼓橋と大阪の住吉神社のそれを比べてみても分かる。泉岳寺なんかも、「何だ、これが泉岳寺か」と呆れる人が多いそうだが、あの子供欺《だま》しのような義士の木像なども赤穂《あこう》の華岳寺にあるものの方がずっと立派であるという。で、すべてがそんな工合に貧弱なのを見るにつけても、昔の江戸人が何とかして江戸を将軍家のお膝元らしくしようと、急に慌てていろいろなものを取り揃えた様が想像される。だから江戸のものは、東叡山《とうえいざん》が比叡山《ひえいざん》の、愛宕山《あたごやま》が愛宕山の真似であるように、皆間に合わせで規模が小さい。

○

が、草創時代の江戸は、関ヶ原で勝ちを制した覇者の都であるから、殺伐な中にも活気が溢れていたであろう。そうしてそこへ流れ込んで来た江州商人や伊勢商人や三河武士共も、満洲の新天地を望んで自己の運命を開拓しに行く昨今の人々のごとく、雄心勃々《ぼつぼつ》たるものがあったであろう。されば彼らと東北人との混血児である昔の江戸っ児が、タタミイワシや目刺しのようなもので我慢しながら、イキだとかオツだとか負け惜しみをいっていた気分は分かる。イキという言葉は「意気」の意味なのであろうが、彼らはあらゆる生活上の不便を、意気をもって耐え、征服したのだ。鯛がまずければ鮪《まぐろ》や鰹《かつお》の刺身をこしらえ、蒲鉾《かまぼこ》が食えなければカンモのスジのようなものを作り、饂飩《うどん》を蕎麦に換え、白味噌を赤味噌にして、そういう器量の悪い、田舎臭いものを、無理にイキだのオツだのといって喜んで食ったのだ。火事をさえ江戸の花といって痛快がった彼らは、一面において京阪の文化を取り入れるのに忙しかったが、一面では征服者の誇りをもって贅六《ぜいろく》を軽蔑した。上方見物に来た江戸っ児が堺《さかい》の妙国寺の蘇鉄《そてつ》を見て、「何だ蘇鉄か、蘇鉄ならちっとも珍しいこたぁねぇ、己《おれ》ぁ山葵《わさび》かと思った」といったという、それに似たような江戸の落語が幾種類かあって、先年も菊五郎が芝居でやったが、そういう話の中にある江戸人の自慢を聞いてみても、実質的には何一つ京阪に優《まさ》ったものがあるのではない、今の蘇鉄の件なんぞは御《ご》愛嬌《あいきょう》だが、あんな工合に威勢のいい口調でポンポンいって除《の》け、如才のない上方人を遣り込めた気でいるのである。まことに物は見ようであって、シャコや目刺しを並べただけの貧弱な食膳でも、食う人間の気位次第で勇ましくも哀れにも見える。昔の江戸っ児のイキといいオツという言葉の中には確かにそういう気概が籠《こ》もっていたのであろうが、それは政治的に関東が関西を圧伏していた時代までのことで、私などが知っている江戸趣味というもの、そうして今の東京にも変な形で残っているそれは、そんな景気のいいものではない。幕末から明治の初期、中期、末期へかけての江戸っ児ないし江戸趣味は、昔の気概がない癖にその欠点ばかりを受け継いだ、ヒネクレた、亡国的な、イヤ味なものである。私は日本橋の蠣殼町《かきがらちょう》二丁目の、今もあるはずの玉秀という鳥屋の近所、かき餅屋の隣で生まれたんだが、自分の両親や祖母はもちろん、家に出入りしていた親戚や知人の誰彼を見渡しても、落語にあるような向こう意気の強い江戸っ児は一人もいなかった。思うにそれにはいろいろの原因があるであろう。江戸にも追い追い固有の文化が形成され、草創時代のような植民地気分でなくなった代わりには、化政度の爛熟《らんじゆく》期を経て次第に世紀末的に、廃《はい》頽《たい》的になり、旗本の次男が剣術は下手だが三味線や端唄は上手というような世相を現出した。そこへ維新の変動が起こり、三百年の太平に馴れて遊惰安逸を貪《むさぼ》っていた江戸人は、政治的、経済的、軍事的に、上方に破れて関ヶ原の仇《かたき》を取られた。されば維新後の東北は兎角継児《ままこ》扱いを受け、さまざまの施設が関西より後れているが、東京人といえども気分においては東北人と同じ敗者であるから、意気が揚がらないのももっともである。ちょうど甘やかされて育った大家のお坊ちゃんがジリジリと身代を傾けて落魄《らくはく》したように、彼らは概して見え坊の癖に意志が弱い。常識の円満と趣味の繊細を自負しているが、はにかみ屋で、人の前では口が利けない。洒落《しやれ》は巧いが世渡りは拙《つたな》く、正直ではあるが勇気や執着力がない。五月《さつき》の鯉《こい》の吹き流しとか宵越しの銭は持たねえとかいっても、殖民地時代にはそういう闊達《かつたつ》さも必要だったであろうが、昔の江戸っ児の意気地がなくなっては、それはむしろ救うべからざる欠点である。だから維新以後の社会に処しても、東京人は日に日に敗北者の位置に追われて零落の一路を辿りつつある。もはや今日においては長閥だとか薩閥《さつばつ》だとかいうものがある訳ではなく、関ヶ原の恨みも鳥羽・伏見・会津の恨みも帳消しにされ、総《すべ》ての日本人が立身の機会を均等に与えられているのだが、東京の下町の人間で偉い政治家や実業家や軍人になった者をほとんど聞かない。荒木前陸相や鳩山元文相は東京生まれだそうであるが、彼らが純粋の東京人であるとしたなら誠に稀有《けう》の出世であって、私共のような下町の人間で、ああいう花々しい働きをしている者は一人もない。本所生まれの芥川龍之介は、「われわれは気が弱いから駄目ですな」と、よくそういった、「里見君は横浜生まれだというが、あれは薩摩《さつま》人の血を受けているから、とても強気です、あなたや僕のようなものじゃありません」と、世間からは強気らしく思われている私の弱気を、流石に彼は観破していた。

○

かつて私は「私の見た大阪及び大阪人」の中で、東京の下町には「敗残の江戸っ児」という型が多いことを書いた。「私の父親なぞもその典型的な一人であつたが、正直で、潔癖で、億劫《おつくふ》がり屋で、名利に淡く、人みしりが強く、お世辞を云ふことが大嫌ひで（中略）商売などをしても、他国者の押しの強いのとはとても太刀打ちすることが出来ない。そんな工合で親譲りの財産も擦つてしまひ、老境に及んでは孫子《まごこ》や親類の厄介になるより外はないが、当人はそれを少しも苦にしない。（中略）五十銭か一円も小遣ひをやればそれを持つて浅草あたりへテクつて行つて、活動を見るとか、鮨の立ち食ひをするとかして、半日を愉快に過す。酒も好きだが多くを嗜まず、一合の晩酌に陶然として、酔へば機嫌よく世間話をし、直きにすや〳〵と寝てしまふ。ハタから見ると何を楽しみに生きてゐるのか分からないと云ひたいが、当人は天成の楽天家であるから、決して世を拗ねたり他人の幸福を嫉んだりしない。自分は勿論、骨肉の者の死に遇つても騒がず嘆かず、何事も定命としてあきらめる。その代り親類間の争ひとか、一家内の不和とかに関係することをうるさがり、自分だけはいつも超然として誰とでも調和する。従つて子供たちにも親類にも邪魔にされず、又他人の迷惑になるやうな無心も云はず、ほんの僅かなあてがひ扶持で喜んで暮らしてゐる」という、そういう老人がよく区役所や小学校の小使いをしていたり、町内の碁会所などへ来ているものだが、いつぞやの中央公論に佐野《きの》繁次郎《しげじろう》君が書いていた「船場」の話を読むと、大阪にはああいう型が少ないというから、やはりあれは東京人の特質であろう。私は「さう云ふ老人が東京の古い家なら、一家一門の間に必ず一人ぐらゐはゐるものだ」と書いた。「近いところでは辻潤などもまあそのタイプだ」ともいった。この頃大阪に来て音楽の教師か何かをしている沢田柳吉《さわだりゅうきち》君なんぞも、敗残といっては失礼であるが、まずその方の部類であろう。が、よく考えると、一家一門に一人どころではない、こんな老人は実に多いのだ。沢田君や辻などはまだ脂ッ気があるけれども、あれがもう少し年を取って枯れて来ると、飄々《ひょうひょう》として風のような、全く市井の仙人のような容貌になる。その顔つきは、今を時めく大臣や実業家などのそれとは正反対の感じで、第一皮膚の色つやが違う。どうも私の経験では、そういう老人に禿《は》げ頭の人をあまり見かけない。おびんずる様のようにてらてら光った、精力的な、蛸《たこ》入道のような爺さんはめったにいない。体もコチコチに干《ひ》涸《から》びているが、顔も面長に痩せていて、大概胡麻塩の髪を五分刈りぐらいにしている。カサカサした肌につやというものが微塵もなくて、さも栄養不良らしい血色をし、皺《しわ》の多いのが目立つ。そうして、眼の光が柔和で、初対面の人に会う時、オドオドした、はにかむような様子合がある。物をいわせると、さわやかな江戸弁であるが、決して早口には語らず、またおしゃべりでもなく、必要な時だけ、低い、優しい声で、ゆっくりという。それが頼りないくらい粘り気のない、さらりとした声音《こわね》である。それでいて気の向いた折には家人を摑まえて洒落などもいう。私の親父が貧窮時代に（というと、貧窮でない時代もあったようだが、後半生はずっと貧乏のし通しであった。）五、六歳になる末の弟を他家へ養子にやろうとしたことがあったが、その弟が陰嚢《いんのう》何とかいう睾丸《こうがん》の垂れ下がる病気になった、するとある朝、親父は母と差し向かいに長火鉢の上に屈みながら、「いいじゃあねえか、それがほんとの持参睾《き》丸《ん》だわな」と、ニコリともせずに、憂鬱な口調でいうのである。私は傍で聞いていて可《お》笑《か》しくもあれば哀れでもあったが、今考えると、親父が貧乏したのは、何よりも気魄がないということと、無精であることが原因だったと思う。親父はずうずうしいことや臆面もないことをはなはだしく嫌った。そしてそんな人間を「彼奴《あいつ》は田舎者だ」といった。だから一とたび失敗するとすっかりアキラメを附けてしまって、悪足掻《わるあが》きをしたって仕方がないというような変に悟り済ました気になり、獅子奮迅の勢いで盛り返そうという料簡《りょうけん》が湧かない。そんならといって、地道《じみち》にコツコツ商売にいそしむというのでもない。日曜になると、長火鉢の前で一杯引っかけて、その儘《まま》ごろッと横になって寝てばかりいた。「ちょいと、お父《とっ》つあん、風邪を引きますよ、そんなところに寝てしまってさあ」と、母が叱言をいいながらそうッと掻巻《かいまき》をかけてやる。少年時代の私は、そういう光景を幾度も見た。やや成長してからはそれを苦々しいと感じた。寝る暇があったら、少しは義理を欠いている方面へ顔出しをしたらばどうか。親父のような働きのない人間でも、正直の一徳を買われて、随分力になってくれていた人もある、そうでなくても、私に学費を給してくれたり、家庭教師の口を世話してくれた人々がある、ところが親父はそういう方面へさっぱり挨拶に廻ってくれない、「近頃お父さんはどうしているね、しばらくお目に懸からないが」などと皮肉をいわれたこともあったが、親父はいつも「済まねえ済まねえ」を繰り返して、「誰さんのところへも一遍顔出しをしなくっちゃあならねえんだが」と歌には唄うけれども、それでいて、いざとなるとつい億劫《おっくう》になってしまう。何もオベッカをいいに行けの、お世辞を使って取り入れのというのではない、当然の礼儀を尽くすまでのことなんだが、親父にいわせると「どうもあんまり厄介になり過ぎて、キマリが悪くって行けやしねえ」とか、「いろいろ親切にいって下さるんで、有りがてえとは思うけれども、自分の意気地のねえことがつくづくイヤになっちまって」とかいうのである。だから恩に着ていない訳ではないんだが、それだけに行きにくくなって足が遠のき、ますます閾《しきい》が高くなり、我から世間を狭くしてしまう。何ともいいようのない腑甲斐《ふがい》なさだが、会ってみると毒にも薬にもならない人間で、決して憎む気にはなれない。現に親父なんぞは若い時から一遍も吉原を知らないという堅人で、何の楽しみがあるのでもなく、ただもう無精なのであった。で、東京人のことごとくがこうであるとはいえないけれども、その大部分が、年を取るとこういった老人になる。されば京都や大阪では土着の人間が今もなお先祖の資産を守り、大資本主義の時勢に抗して旧家の体面を保っているのがザラにあるが、東京の下町には、恐らくそんなのは数えるほどしか残っていまい。彼らは大概親の身代をなくして、それでも生まれた町の近所の裏店《うらだな》なんかに巣食っていたものだが、その頽勢《たいせい》に地震が拍車をかけたので、散り散りバラバラに郊外の方へ追い立てられ、行くえも知れずになってしまった。本所・深川・浅草あたりには、復興後の現在もコマコマした家が割に多いようだから、まだ幾分か昔の住民が留まっていそうな気がするが、一番ひどいのは日本橋ッ児の運命である。彼らの家の跡は、京橋・銀座・丸の内の勢力範囲に入れられて磊嵬《らいかい》たる大ビルディングのブロックに塡《は》められ、もはや彼らの住むような小さな路次の存在を許さない。私は船場や島の内あたりを歩いて、小ぢんまりした格子作りのしもうた家だの、昔風な土蔵作りの老舗の前を通ったりすると、昔の日本橋の町の様子や小学校時代の友達の家などを思い浮かべるのであるが、そういう友達で元のところに住んでいるのは、偕楽園を除いたら一軒もない。蠣殻町を中心にして茅場町、堀江町、杉の森など、五、六町の半径内にかたまっていた私の本家や分家等も、私のいわゆる「北海道よりも寒い」場末の方へ移って行き、あるいは朝鮮、ブラジルへまで流れて行って、伯父伯母などが亡くなった後は音信も不通になり、行方不明になったのもある。かく考えて来れば、日本橋ッ児は実に散々な目に遇っている訳で、あの昭和通りや市場通りの真ん中に立って巍然たる街路を四顧すると、『方丈記』の著者ならずとも人生の無常を感ずるのである。

○

思うに真の東京人であるならば、上に述べた私の観察が決して偏見でも誇張でもないことを認めてくれるであろう。私は好んで故郷の人をクサスのではない。が、東京人は従来地方の人が考えていたような威勢のいい、ブリリアントな人種ではない。彼らにはどこまでも東北人の暗い陰翳《いんえい》が附き纏《まと》ってい、彼らの頓智《とんち》や洒落にさえも一脈の淋しさがただようのである。それを疑う者は久保田万太郎氏の戯曲を読むがいい。氏の作品を貫いているあのじめじめした陰鬱な気分、あれこそ実に偽りのない東京人の世界であって、苟《いやしく》も下町の生活を知っている者には、氏の描写するさまざまな人物の顔つきや物いいなどが一種異様な現実味を持って迫って来るのを覚えるであろう。氏は好んでお店者《たなもの》や、職人や、尾羽打ち枯らした芸人や、若旦那のなれの果てなどを扱うようだが、東京の下町の住民なる者は大部分がそういう種族であって、私などもあれを読むと、自分の親しい人々の中に一々それらに当て嵌《は》まるタイプを求めることが出来、彼らの声音や風采はおろか、一と間の様子、畳、座布団、襖《ふすま》の色、押入れ、火鉢、茶箪笥《ちゃだんす》のありどころ、果てはその火鉢の抽出《ひきだ》しや茶箪笥の中にどんな物がしまってあるかということまで、はっきりと推測出来るのである。この意味において久保田氏の戯曲は、現代の東京が持つ唯一の郷土文学であり、また滅び行く東京人の弔鐘であるともいえる。実際、氏の描くような純下町の世界は、今では東京のどこに残っているのであろう。ことによると「たけくらべ」や「隅田川」の昔をあこがれる氏の芸術家的空想が生んだ産物であって、もうそんなものはどこにも存在しないのではないかと、私はしばしば疑うのである。氏の戯曲では、出て来る人物のことごとくが洗煉《せんれん》された、山の手臭の微塵もない、生粋の下町弁を使うが、現代ではもう俳優とか落語家とかいうよほど特殊の社会でなかったら、ああいう場合はめったにあり得ない。十人寄れば必ずそのうちの一人か二人は東北訛りが交じったり、山の手言葉や書生言葉が這入《はい》ったりする。ここに下町弁というのは、私の親父なぞの時代の下町の町人が使った言葉、すなわち氏の戯曲に見るようないい廻しを指すのであるが、私なんぞが親戚故旧の何回忌とかいうような時に上京して、日本橋時代の古い顔馴染みが寄り集まった席へ出ると、たまにそういう久保田式会話の情景に打つかる。そしてそんな老人たちに対すると、自分もいつしか釣り込まれて長らく使う機会のなかったあのなつかしいいい廻しで受け答えをし、一寸《ちよつと》いい気持ちになるのであるが、それにしてもまあこの人たちは、こんなに東京が変わり果ててしまうまでよくも無事でいたものだ、いったい今の東京のどんな隅ッこに生きていたのかと、不思議な気持ちがするのである。彼らの歳を聞いてみると、みんな五十いくつとか六十いくつとかいう。「只今《ただいま》お住居は」というと、代々木の方とか、杉並の方とか、果ては馬込だの碑文ヶ谷だのと、昔は聞いたこともなかった町や村の名をいって、あとは曖昧に口籠もりながらキマリ悪そうに横を向く。この人たちが誰も彼も決して裕福に暮らしているのでないことは、住居の様子を聞くまでもなく身なりをみればそれと察しがつくのであって、羊羹色の紋附の羽織にヤマの這入った仙台平の袴なんかを穿いているのはまだいい方だが、中には明治年代のフロックコートを着、雨の日だとゴムの長靴でやって来たりする。私は久し振りで亡き両親が親しくしていたこれらの人たちに遇うのであるが、やはり嬉しいよりは悲しい方が胸を打つ。彼らといえども昔はもう少しその眼光に輝きがあり、言語に張りがあり、表情に活気があったはずだが、何とその下町弁の徒《いたずら》に鮮やかにして、その人体《にんてい》のいかに影が薄く、みすぼらしくなったことよ。分けてもこういう人たちの身にそぐわない洋服姿は、何よりも心を傷ましめる。彼らは窮屈なズボンや上衣は着ているけれども、煙草を吸う手つきや、ヒョイヒョイと首を下げて挨拶する恰好や、両の膝頭を擦り寄せて畏まる様子などに、争われない体のこなしが出て、どうしても角帯に前掛けを締めていた下町の町人そのままである。だが考えてみれば、霜の降る朝遠い郊外から赤土の解けた道を踏んで、バスや省線や市電を乗り次いで来る今の彼らには、ぞべらぞべらした紋附袴よりも洋服やゴム靴の方が便利であるに違いない。彼らはもう服装なんかに構っている暇はないのだ。彼らの持っていた東京人の誇りなんというものは、世路の辛酸と闘う間に消磨し尽くされて、昔の日本橋の町が跡形もなく滅びたように、完全に忘れ去られているのだ。そうなって来ると、今も彼らが使っている爽やかな下町弁というものが、むしろ哀愁を催さしめる。いっそ東北のズウズウ弁か朝鮮訛りの日本語でも使っていてくれたらば、こんなに情けなくは見えまいにと思う。いかに故郷忘じ難しとて、私はこういう人々と会い、こういう悲しい思いをするのが辛いのである。久保田氏の戯曲の世界は、戯曲なればこそ感興を覚えるが、実際にああいう雰囲気の中へ這入ってみようとは、さらさら願わないのである。

○

私はあまりに旧時代の東京人について語り過ぎたかも知れない。久保田氏の戯曲か落語家の話にのみ出て来る東京人、そういうものは、たとい彼らが真の江戸人の子孫であり、江戸の伝統を受け継いだ純粋の種族であるとしても、そうしてまた、私には最も縁故の深い連中であるとはいうものの、あるいはすでに滅びてしまい、あるいは滅びつつある人々であって、現在の大東京を代表する市民でも何でもない。そうかといって、今の帝都を代表するのはどういう階級の人々であろうか、私にははっきり見当が付かないのであるが、震災後特に感じることは、いわゆる智識階級に属する男女が著しく殖えたような気がする一事である。もっとも東京というところは昔からそうなのであるから、近頃頓《とみ》にそう感じるのは私が田舎者になったせいかも知れない。が、いったい山の手の住民は以前から下町の町人に対して、官吏や、軍人や、政治家や、読書人が多かった。そして彼らの住宅区域は大部分震災を免れたので、焼け残った彼らが自然東京を代表するようになり、それが今日の智識階級というものに進化したのではあるまいか。「進化」というのは、今日の彼らは以前の山の手の人々とも違う。以前の人々は、服装、言葉づかい、坐作進退《ざさしんたい》等、いろいろの点で明らかに下町の市民と対照をなし、趣味や肌触りが異なっていたが、今日の智識階級は震災前の下町山の手両様の趣味を包容し、なおその上に上方贅六の料理をも歓迎し、近代芸術の教養に富み、西欧の絵画や音楽をさえ理解する。実に彼らの鑑賞力はでたらめといってもいいほどに広い。彼らの趣味を比率で現すと、山の手五分、下町三分、田舎二分というところではあるまいか。その昔漱石先生は「猫」の中で「月並」なるものに定義を下して、白木屋の番頭に中学生を加えて二で割ったものだといったが、今日の東京にはそれよりもう少し複雑な要素の月並臭を持った通人が、非常に多い。ただし複雑といったところで、決して内面的な複雑ではなく、極めて上ッ面な、ほんの鼻先だけのもので、お腹の中の単純なことは白木屋の番頭プラス中学生時代と変わりはない。彼らは昨日はAワンで飯を喰って文楽座の出開帳に押し寄せ、今日は帝劇のキングコングを見て帰りに浜作で一杯やる。朝にファッショ政治を論じ、ヒットラーや荒木さんの噂をするかと思えば、夕にはフリードマンを評し、菊五郎を説く。しかも一と通り聞いていると、なかなか分かったらしいことをいう。随分政界の消息にも通じ、新聞に出ないようなことまでも聞き噛《かじ》っていい、また楽屋裏の事情にも明るく、水谷八重子《みずたにやえこ》は誰がパトロンだとか、六代目にはいくらいくらの借金があるとか、見て来たようなことをいう。文化学院の生徒あたりから四

十、五十の有閑紳士やマダム連までが大概この程度の通人であり、インテリゲンチアであるのだから恐れ入る。そうしてロケだのデモだのセンチだの合流だの転向だのという言葉が、たちまち一般人の常用語になり、常識になる。私はこういう市民に会うと、なるほど日本人も利口になり生意気になったものだと思う。全く、この調子では舶来品であれ国産品であれ、あらゆる贅沢品が東京において多大の顧客を見出すというのも無理はない。九《く》里《のり》四《し》郎《ろう》君*七が今のBRを数寄屋橋際で始める前に、出来るなら関西で開業しようと思って、大阪と東京と、両方の西洋料理屋を視察してみたが、大阪では開く余地がないことを悟って東京へ持って行った。九里君の話によると、洋食屋へ這入る客種というのが、この両都ではまるで違う、大阪では高級な洋食を食うお客さんは極少数に限られていて、そんな人たちにはまあアラスカが一軒あれば沢山である、あとの連中は、洋食といえばハイカラで、軽便で、格安なものと極めているので、いくら旨くても安くなかったら食いに行かない、だから経営次第で儲《もう》けることは出来るけれども、料理人が腕を振るって認めて貰うという楽しみがない、そこへ行くと東京は、彼処が旨いということになれば値段などにはお構いなしに食道楽が寄って来る、故に贅沢な「うまいもの屋」が後から後から出来るのだという。バーなどにしても、大阪では女給の綺《き》麗《れい》首《くび》を揃えてカクテルかウイスキーでも飲ましておくより能はないが、東京では華族や外交官の通がいるので、欧洲物の古酒の味を解してくれ、こういうものをどういう経路で手に入れたかなどと褒めてくれるのが嬉しいという。半襟なども大阪ではたかだか十円台が止まりであるが、東京には二十円、三十円というのが珍しくない。従って東京人は気前がよく、金離れがいい。旅行に行っても茶代なんかを派手に気張る。宵越しの銭は持たないという習慣を、今の東京の智識階級がやはり受け継いでいるのである。いや、それればかりでなく、彼らは前代の下町人の弱点を総て受け継いでいる。たとえば変に気の弱いところも、一抹の東北的淋しさの漂っているところも。

〇

元来この連中たち、今の東京の智識階級なるものは、職業的に見てどういう人々が多いのであろうか。前にもいうように、彼らの中には学生もいる。有閑紳士や婦人もいる、銀行会社の重役もいる、官吏や代議士の古手もいる、だがこのほかに昔は下町人の方に属していたところの、銀座、京橋、日本橋辺の商店の主人、俳優、芸人、画家、小説家等も交じっている。かく見来れば紛然雑然とした集団であって職業的には統一がないのであるが、それでいて彼らの面貌《めんぼう》、言語、動作等にはある共通したものが存在する。昔は俳優でも新派の人と旧派の人とは身嗜《みだしな》みが異なり、芸者と貴婦人とは一見して区別が付き、官吏と町人とは頭の下げ方一つでも見分けられたが、今はだんだん外見上の差別がなくなり、映画のスターも華族の令嬢も清元の師匠も金持ちの若旦那もホテルのマネージャーも外交官も、皆インテリゲンチアという一階級に属せんとしている。何しろ久保田の万ちゃんが洋服を着て放送局の何々課長とかに納まり、菊五郎がニッカー姿で鳩山文部大臣にゴルフを教わる御時勢である。思うにこういう状態を誘致したのには、ジャーナリズムの力が大いに与《あずか》っているのであろう。新聞や雑誌の上では、大臣も大学教授も実業家も芸術家も一様に「時の人」として平等の扱いを受ける。そうしてそれぞれの専門的智識や技倆《ぎりよう》や経歴を持った彼らが同じ誌上に肩を並べて、思想や意見を発表する。読者から見れば近衛文麿《このえふみまろ》公も西田幾多郎《にしだきたろう》博士も平田晋策《ひらたしんさく》氏も大辻司郎《おおつじしろう》君も、ないしわれわれ小説家も、その政談たると漫談たると、哲学的論文たると芸術的創作たるとを問わず、興味ある読み物を提供する点において変わりはない。かくして読者も寄稿家も新聞雑誌という一つ箱船の乗合客となり、その全体が東京の智識階級を代表する。そこへ持って来て婦人雑誌や三面記事の記者共は、飛耳張目してブルジョア社会のスキャンダルを素ッ破抜き、あるいは当事者自身が堂々と告白したり釈明したりするので、縁もゆかりもない家庭の秘事が飛んでもない方面にまで知れ渡り、まるで親類間の出来事のように論議される。実際東京というところは、最近の拡張によって面積は広くなったけれども、世間的には非常に狭くなっている。たとえば私などがたまに出て行って銀座のバーに現れたり、小料理屋の暖簾《のれん》をくぐったりすると、すぐに発見されてしまう。それは写真というものが行き亙《わた》っているからで、天ぷら屋の亭主やバーテンダーなんぞが、直きに「谷崎先生でいらっしゃいますか」と来る。この調子では東京に住んでいる連中は一層知られていることと思うが、一般に、市民全体が各方面の名士連と個人的に親しくないまでも、そのくらいな親しさを感じ、また感じるだけのゴシップ的智識を持ち合わせている。もちろんこういう傾向は、一面において文運の発達を証拠立てるものであり、またジャーナリズムの影響の及ぶところも東京だけではないだろうけれども、なかんずく東京が特にひどい。世間が狭いことにかけては大阪も同様ではあるが、しかし阪地は昔から「町人の都」であって、職業的に統一されてい、今なお勤勉で、質素で、謙譲な商人気質を失っていない。大多数の中産階級が、商科大学や専門学校を卒業した人でも、親の遺業を受け継いで一商店の主になると、よく己の分を守り、知らないでもいいことを知ろうとはせず、一意専心、真っ黒になって商売に身を入れる。俳優なぞでも、いつぞや左団次が神戸へ来た時、阪神間のある夫人を楽屋へ案内したことがあったが、そういう夫人に対する態度が東京と大阪では大変違う、こちらでは鴈治郎《がんじろう》あたりでさえとても腰が低くておあいそがいいが、東京の役者はサッパリはしているけれどもブッキラボウである、あれでは御祝儀なんぞ出したって受け取りもしまいし、うっかりそんな真似をしたら怒られそうな気がするという話であったが、事実関西では、彼らには彼らの社会があって、やはりその分を守っているらしい。関西に新時代の俳優や劇団が出ないのも、そんな卑屈な封建的気風があるからで、分を守るということも場合によっては困りものだが、しかし東京のように天ぷら屋の親爺までが智識階級面をぶら下げ、皆座談会の名士のような物分かりのいい顔つきをしているのも、何となく軽佻浮薄《けいちょうふはく》な感を催さしめる。

○

軽佻浮薄という言葉が出たから、ついでにここで書いてしまうが、東京及び東京人の何よりの欠点は、おっとりしたところがないことである。先年私がしきりに洋行したがっていた時分、ある時偶然祇園《ぎおん》の茶屋で正宗得三郎《まさむねとくさぶろう》画伯に出遇い「僕も一遍巴里《パリ》へ行ってみたいんだが」というと、「巴里は京都と同じようなところですよ、物静かで、おっとりとしていて。ここで遊んでいればわざわざ出かけるがものはないでしょう」と画伯がいった。なるほど、苟《いやしく》も一国の文化の淵源であり、地方人の憧れの的となっている首府であるからには、そうでなければなるまいと思う。しかるに東京にはそういう落ち着きがないのである。これは年中地震があったり風がザワザワ吹いたりする気候風土にもよるのであろう。実際、六、七十年に一遍ずつ市街の大半が破壊されたり、毎年冬が来るたびに何百軒もの家が焼ける土地柄では、人の心が只管《ひたすら》新を趁《お》うようになるのも当然かも知れないが、それにしても東京人はあまりに重厚の資質に乏しく、かつ最も嘆かわしいことには、その乏しさから来る薄ッぺらさや哀れさに、彼ら自身が気が付いていない。しかも東京が日本の帝都である以上、この東京人の薄ッぺらさがわれわれの産するあらゆる文学芸術に影響することを思えば、等閑に附すべき問題でない。いったい東京人はどこまでもイキということに祟《たた》られているので、大都会の人間に似合わず、コセコセした、四畳半式の、しん猫趣味が好きであって、近頃流行っている小唄などというものは、あれがやっぱり音曲の方の雀焼きであり、タタミイワシではないか。こんなことをいうと木村荘八《きむらしょうはち》君なんぞに叱られそうだが、私は実にあのくらい東京的なものはなく、またあのくらい薄ッぺらなものはないと思う。あの中に東京人の欠点の総てが具現されているといってもいい。かつて故岸田劉《きしだりゅう》生《せい》君は伊十郎《いじゅうろう》式の長唄がすたれて小三郎《こさぶろう》式のが流行するのを嘆いていたように記憶するが、東京人は江戸の昔から、上方の音曲を輸入してはそれをだんだん薄ッぺらなものに変えていったのだ。ちょうど今日の亜米利加《アメリカ》人が欧羅巴《ヨーロッパ》人の優長なのを嗤《わら》ってスマートネスを自慢するのと同じ心理かも知れないが、そうして徳川時代には、上方の鈍重味に代わる新鮮さ、ピチピチした、魚の跳ねるような感覚が盛られていたのかも知れないが、それがもう今日の小唄になると、そんな新鮮さはなくなって、一種の廃頽的なものが感じられる。もっとも廃頽的といっても、毒々しいものや油ッこいものが腐ったのなら文学におけるデカダン派のような深みも生じようけれども、もともと鮒の雀焼きが日が立ったんだから、ただカサカサに干涸びただけで何の変哲もありはしない。ただし小三郎の長唄あたりは何といっても洗煉されていて、鯛ほどの貫目はないにしてからが、まあ鰈《かれい》ぐらいな品のよさがあり、まず東京趣味の上乗なるもの、繊弱ながら健康体の音曲といえようが、新内、都々逸、端唄、歌沢、ああいうものから段々とよくない。私の親父は小さんの都々逸が大好きで、たびたび寄席へ引っ張って行かれたので、あれは今も覚えているし、また橘之助《きつのすけ》の冴《さ》えた音〆《ねじめ》やキビキビした節廻しはハッキリ耳に残っているが、そういう稀な例を除いて、芸者の座敷なんぞで聞いた都々逸を想い出すと、私はぞっとするのである。そういう私も東京時代には咽喉《のど》が自慢で、遊びに行くとやたらに三味線を弾かせたものだが、でもその時分から、都々逸だけはあまり唄ったことがなかった。それというのが、変に安直に気が利いているのが、虫が好かなかったのだ。どうせ俚謡《りよう》の一種であるから卑俗なのは是非もないとして、その主題とするところは何かといえば、吉原、山谷、隅田川沿岸の狭斜の世界における男女の痴情、でなければ奥の植半か水神の八百松あたりの微吟低酌趣味である。それも真正面から素直に謡ってあるのではなく、例のイキガリから、愚にも付かない洒落や地口や穿《うが》ちのようなことを嬉しがっているので、気が利いているといえばいうものの、全体の感じが実に薄手で弱々しい。そうしてまた声の出し方が東京人独特のものであって、あの冴えた甲の声、キュウッと突っ込むところ、軽くウッチャッたりシャクッたりするところ、キビキビした歯切れのいい発音、あればかりは関西人に真似が出来ないものだから、東京人はどこへ行ってもその「江戸前」の咽喉を自慢にするのであるが、私にはあのウッチャリや突っ込みが何ともいえず気障《きざ》に聞こえる。大阪人の義太夫も声の出し方が不自然ではあるが、しかしこの方は腹の底から全力的に出す。孰方《いずれ》が他人迷惑かといえば、義太夫の方があくどいだけに迷惑だけれども、そのどこまでも堂々として、真っ正直に語るところは、とにかく男性的であるといえるが、都々逸や端唄の名人なんというものは、要するにただ器用に咽喉を転がすのである。しかもそんなのに限って、さも得意そうに頤をシャクリながら、鼻の先や口の先から、細々とした、弱い、果敢《はか》ない、コマシャクレた声を出す。私はあれを聞くと、これが大の男の出す声かと、亡国の音を聞いているような情けない気がするのである。上方の地唄にも短い唄物があり、遊女の涙やきぬぎぬの別れや独り寝の淋しさを謡ったものがあるけれども、それらの歌詞や節廻しは由来するところが深く、遠く閑吟集や松の葉の時代から伝統の糸を引いているだけに、弱々しい中にも纏綿たる情緒があり、骨身に沁むような沈痛味があって、決してあんな上すべりのした、安直なものではない。同じ上方の情景でも、歌沢にある「淀の川瀬」なんかと来たら、あの二上がりで「淀《よど》のウー」と出る突拍子もない唄い始めからして第一淀の景色ではない。

どうしたってあれは綾瀬川《あやせがわ》か市川あたりの、筑波颪の空ッ風が吹く景色だ。そして角刈りの兄哥か何かが銭湯で怒鳴るのに適した唄だ。元来端唄はほんの即興的なものであるから、聞き噛りに覚えたのを器用で唄いこなすところが生命なので、師匠を取って稽古をすべきものではないのに、それがいつの間にか歌沢という厳《いか》めしいものになり、芝派《しばは》だの寅派《とらは》だのというのからして馬鹿馬鹿しいと思ったら、近頃は小唄にまで家元があるという。何のことはない、鰯の目刺しを金蒔絵《きんまきえ》の膳に載せるようなものではないか。

○

たびたび親父を引き合いに出して恐縮であるが、私の親父がある時「お艶《つや》ごろし」というのを聞いて「江戸っ児が『お艶ごろし』という奴があるけえ、コロシというんだ」と、そういったことがある。親父はまた醬油のことをムラサキだの、おこうこのことをオシンコだのというのを嫌って、「ムラサキなんていわねえで下地《したじ》といいねえ、ありゃあ田舎者のいうこッた」と、よくそんなことを気にしたものだったが、それで思い当たるのは、どうも近頃の東京人は親父時代の江戸っ児から見ると、何かその辺が田舎臭くなっているのではないか。明治時代の江戸趣味なるものは、林中《りんちゅう》の常磐津《ときわず》や黙阿弥の世話物によって代表される、相当滋味のあるもので、いくら何でも今日のように薄ッぺらではなかったであろう。つまり小唄が流行るというのは、地方人がシンコやムラサキなどといいたがる類で、昔の人は果たしてあんなのを江戸趣味の粋なものと思うかどうか、大きに「ありゃあ田舎者の習うもんだ」というかも知れない。総て物事は極端に長所を発達させると欠点ばかりが残るようになるもので、無闇にイキがったり軽快がったりした結果が、とうとうあんな弱々しいヒネクレたものが流行るようになったのであろう。で、私には今の東京人の顔が、あの小唄のようにコマシャクレた貧弱なものに見えてならない。彼らは多く気の利かないことや洒落の分からないことを一代の恥辱と心得ている人間で、年歯も行かぬ時代から諧《かい》謔《ぎゃく》を解し、穿ちに長じているけれども、彼らのいうことには小唄のウッチャリや突っ込みのような嫌味が伴う。そういえば銀座の裏通りあたりには、しん猫式の小さなカフェが軒を並べているが、あれがやはり水神や植半に代わる近代式四畳半であって、東京人はいつまでたってもああいう風なひねッこびた趣味を喜ぶのである。なるほど、楽隊入りでドンジャン囃《はや》し立てる大阪式のカフェも俗悪ではあるが、さればといってあの四畳半式がよもや高級だとはいえまい。それも一軒や二軒ではなく、ああいうのが実に無数にあって、それぞれ小さなサークルの常連を擁しているのである。大阪式のは俗悪でも規模が大きいだけ資本を要するが、せいぜいテーブルの五、六台も並ぶくらいな狭いところへ、成るたけ金のかからない、目先の変わった造作を施し、間接照明の暗い電気でボロ隠しをして、文学青年の喜びそうな仏蘭西《フランス》語の屋号を附けたら、それで結構出来上がるのだから、新奇の店があちらこちらに雨後の筍《たけのこ》のごとく殖える。もっとも出来るのも簡単だが、潰れるのも早い。何しろほんの臍繰《へそく》り金で、わずかな常連を頼りにしてやる仕事だから、少し客足が遠のいたら、たちまちバタバタと参ってしまう。お客の方も経営者の方も、どちらも飽きっぽいのだが、それでいてそういう店や客が常に絶えたことはない。私は、かくのごとき有様を見るにつけても、東京で宝塚のような大がかりな歓楽境の経営が成り立たないというのは、真に所以ある哉《かな》と思う。私が覚えてからでも、昔向島《むこうじま》に太陽閣という、温泉と料理屋と娯楽場とを兼ねたようなものが計画されたことがあり、その後鶴見に花月園が出来たが、太陽閣はすぐに潰れてしまったし、花月園とても宝塚のようには発展しなかった。それというのが、東京人はああいう風に切符制度や何かで大衆的に無邪気に遊ぶことを、智識階級の沽券《こけん》に関わるように感じるのである。見え坊で、はにかみ屋で、そのくせ独りよがりの彼らは、通俗とか低級とかいわれることを厭がって衆に伍することを嫌い、何かしら自分だけの小天地を築かなければ承知しない。そこで彼らは彼らの趣味にかなった小ぢんまりしたカフェに行き、薄暗いボックスの隅に収まって目立たぬように紅茶かカクテルを啜りながら、女給を相手にヒソヒソコソコソと私語することを楽しみとする。そういうモボは大概洋服の身嗜みに五分の隙《すき》もなく、言語動作が垢抜けていて、決して喧嘩を吹っかけたり、女の頰ッぺたに喰らい着いたりするような不作法はしない。彼らは鄭重《ていちょう》で、お行儀がよくて、都会人の気取りと自信とを鼻先にぶら下げてい、相手の女がほかのテーブルへ呼ばれて行けば、気長に根よく待っていて、さてその女が戻って来ると、いつまでも飽きずにしゃべっているのであるが、何を語っているのやら話し声が隣の席へ洩れて来ることはめったにない。彼らは低い優しい声で、それも極めて言葉少なに、長い間を置いてポツンポツンという。全く、あんなことをしていて何が楽しみなんだか、そうしていったい何をそんなに話すことがあるんだか、私なんぞには気が知れないが、あれでなかなか油断のならない丹次郎が揃っていて、隙があらば小色の一つも稼ごうという連中なんだから驚く。だが考えてみるがいい、もともとカフェというものが、呉越同舟、入れ込みの仕組みであるから、吉原の仮宅《かりたく》よりはまだ落ち着きがない訳なんだが、そんなところでハタのお客に気をかねながら二時間も三時間も「微吟低酌」しようという、その料簡が抑《そもそ》もはなはだシミツタレたアタジケナイ話で、何しろ安直なことといったら、昔の四畳半の通人なんかは顔負けしてしまう。東京人というものが、それも血気盛んな若い者の心意気が、こうまでイジイジと、小さくイジケて、ヒネクレて、小生意気になって来たかと思うと、実にイヤになってしまうのであるが、しかしこのことは、単に青年ばかりではない、市民全体の気風がそういう風にコセコセとイジケて来つつあるように見える。

○

江戸歌舞伎の十八番、市川宗家の荒事といったら、暫《しばらく》にしろ、矢の根にしろ、助六にしろ、豪快を極めたものであるが、ああいうおおまかな、桁外《けたはず》れな猪突《ちょとつ》心がなくなって、退《たい》嬰《えい》的にちぢこまったものが今の東京人なのである。ある大阪人が話したことに、去る大正十一、二年頃、震災の少し前時分に、自分はたびたび商用で上京したことがあったが、なぜか知らぬがどうも東京人の顔色が悪い、皆栄養不良のような青い色をしていて元気がないので、これは何か近いうちに東京が全滅するような変事があるのではないか、というような気がした。それがああいう形で来るとは思わなかったが、自分には何かしらそんな予覚があったという。けだし東京人の顔色に潑剌《はつらつ》とした感じのないことはこの大阪人の説の通りであって、私なぞには、震災後の今日もそれがいっこう改まっていないように思われる。もっとも復興後の市街の殷賑《いんしん》な状況や、あの新議会の建物を始めとして諸官衙《かんが》・諸ビルディングの壮観を見れば、この都が大帝国の脳髄であり、ここから東亜の運命を担う偉大な力が発揮されつつあることは否定すべくもないけれども、そういう国家的活動の枢軸を握っている政治家や実業家や軍人などは、実際は地方人であって、東京人ではないのである。この人々が功成り名遂げて、あるいは国家から恩賞を頂き、あるいは銀行会社から株や慰労金を貰い、相当の資産を作って引退した後、二代目・三代目あたりの当主になってから、ようよう東京人になる。例えば先年死んだ小村欣一《こむらきんいち》侯のごときはその典型的な一人であって、侯は自ら帝国外交の前線に立って活動してはおられたが、外交上どういう功績を残されたか、乃父《だいふ》寿太郎侯の赫々《かくかく》たる偉勲に蔽《おお》われて目立たないのかも知れないが、私などはいっこう侯の功労というものを聞かされたことがない、それよりもあの人は「粋侯爵」といわれて小説家や俳優の世話を焼き、国民文芸協会とかいうものを作って芸術家を奨励することが好きであった、本職の外交官よりもその方が性に合っているらしく見えた。ただし生半可《なまはんか》の役人なんかが道楽半分に世話を焼いたって、少しも芸術のためになりはしないんだが、東京人にはああいう風なお坊ちゃん育ちの「訳知り」が多いのである。彼らは食うに困らないから、セチ辛い社会の競争に打ち勝って立身しようなどという奮闘心は持ち合わせない。まあまあ自分の一代の間は楽に暮らしていけるんだから、出来るだけ呑気に、うまいものを食ったり面白いものを見たりして生きていく方が賢明だという享楽主義者が揃っていて、学校なんぞも始めからその考えで、美学をやるとか哲学をやるとか、音楽学校や美術学校を出るとかいう風に、多くは文学・芸術に関係のある修行をし、学校を出てからはその学問を役に立てて小遣い取りの閑職に就くのもあれば、これという定職もなくのらくらしているのもあり、小村侯のごとく本職をそっち除けにして余計なオセッカイをするのもある。私のいう東京の智識階級とは実にこういう連中が醸し出す一種の雰囲気を指すのであって、彼らはどこか肌合いが芸術家風であるけれども、もともと一つの芸術なり学問なりに生涯を捧げるほどの熱意があるのではないから、いろいろなことに首を突っ込んで聞いた風な口を利くに過ぎない。こういう手合いがいかに帝都に多いかということは、歌舞伎、東劇、新橋演舞場等の、都下一流の劇場へ行って、幕合に廊下をぶらついてみると分かる。年恰好は三十五、六歳から五十五、六歳までの、中年もしくは老年の紳士で、大概は黒っぽい渋い和服を着ているが、ある者はその服の下に英国製の駱《らく》駝《だ》のシャツを覗かせて、葉巻なんかを咬《くわ》えてい、ある者は着流しのまま不精ッたらしく懐手をして、さもさも遊惰の民という風体で廊下を行ったり来たりしてい、ある者は袴を着けているが、どういうものかその袴が着流しよりは一層ふしだらに下品に見える。それというのが、近頃の絹物は上等の品になればなるほどしなしなしていて腰が弱く、二、三度着ると直きに疲れてよれよれになるので、ようよう体に馴れて来た時分には、へんにぞろりとし過ぎて、遊冶郎《ゆうやろう》然として、見たところがすこぶる品が悪い。分けて袴は昔の仙台平のようにシャンと突っ張っていてこそ立派であるのに、近頃の品は居職《いじょく》の職人や草鞋《わらじ》屋の親爺が膝へ嵌めている袋のようなもので、前掛け代わりの上ッ張りに過ぎないんだから、どうかするとかえって人体が卑しく見える。そこへ持って来てこの連中は、必ず紺足袋に草履を穿いている。もっとも劇場の中だから下駄を穿いている奴もないが、あのぞろッとしたなりで、太い柱や厚い壁で幾何学的に仕切られた近代建築の廊下の間を徘徊しながら、絨毯の上を音もなく歩いている姿は、当人はいい心持ちそうだけれども、地廻りの兄哥が戸惑いをしたようで、あんまり映りのいいものでない。で、どこの劇場へ行ってみても、そういうのがいつもうろうろしているもんだが、彼らは孰《いず》れも身なりや人柄が似たり寄ったりでありながら、行く度毎に目新しい顔に出遇うところを見ると、よほどこのタイプに属する人間が多いに違いない。関西にも遊惰の民はあるけれども、この方は在来の茶人型かぼんち型に極まっていて、単純でハッキリしているが、東京の近代的遊民なるものは、複雑で、不鮮明で、両棲動物《りょうせいどうぶつ》的胡算《うさん》臭さを漂わしていて、まことに帝都独特の産物であり、決して京都や大阪では見ることの出来ない種族である。彼らの職業は、服装からは判断が付かない。商店の旦那のようでもあれば華族の野良息子のようでもあり、退職官吏のようでもあれば私立大学の講師のようでもあり、演芸記者のようでもあれば芸人のようでもある。要するに彼らは半芸人・半学者・半通人・半批評家なのである。ところでこの人達が、皆申し合わせたように顔色が悪い。血色がすぐれない。皮膚が病人のように弾力がなくて、どす黒く濁った、青褪めた色をしている。私はこれには大いに原因があるのだと思うが、彼らは表面裕福ではあるけれども、全く親譲りの財産に依頼しているので、さなきだに中産階級が成り立ちにくくなっている今の世の中では、内心に将来の不安がある。大阪人のごとく進んで金儲けに努めるか、退いて吝嗇《りんしょく》な生計を立てるか、どちらかにすればいいのだが、見え坊で、贅沢で、生意気な彼らは、真っ黒になって働くのも馬鹿馬鹿しいし、爪に灯をともして暮らす気にもなれないし、ひたすら生活をエンジョイせんとする。されば彼らの台所へ這入ってみると、大概は身分不相応な、年に少しずつ財産を減らしていくような無謀な暮らし方をしている。そうしていれば老後に至って食うに困るようになることは分かっていながら、彼らにはそれが止められない。彼らは江戸人特有の呑気と恬淡《てんたん》をもってその日その日を送っていき、いっこうそんなことは苦にならない顔をしているが、一念ここに思い及ぶと、ぞっと襟元が寒くなるような折もないではあるまい。そこで勢い刹那主義、姑息《こそく》主義、虚無主義になって、一日の安きを貪りながらいよいよ無成算に金を使う。昔の江戸っ児が宵越しの銭を持たないのは、進取的・積極的な心意気から出たのであるが、今日の東京人が金銭を浪費する裏面には、明日はどうなる身の上か分からないという亡国的な悲哀がある。私はそれが、無意識のうちに彼らの顔色に現れて、何となく意気銷沈《しょうちん》しているように見えるのだと思う。しかし私はよく知っている、彼らは薄ッぺらではあるが、気障も見え坊もただ上ッ面だけのことで、一人も悪人はいないのである。みんな正直な、腹のキレイな、気の弱い人達ばかりなのである。彼らのうちには年来の旧友も多いことだし、第一私にしてからが、拠ん所なく筆一本に取り組って口を湿《うる》おしてはいるものの、もし親譲りの財産があったら彼らと同じタイプの一人になったであろうことを思えば、さらさら悪口なんぞいえた義理ではないけれども、でも他人事とは思えないだけに、何だか一層悲しいのである。大阪の落語に、上方の職人が江戸っ児の職人をおだて上げて金を使わせ、蔭で舌を出す話があって、春団治にやらせると、関東者のおめでたい軽薄なところと、関西人のノロマなようで抜け目のない、腹のすわったしぶといところとが対照の妙を極めるそうだが、考えてみると、実際笑いごとではない、近代型の東京人もやがては皆私の親父と同じような敗残の江戸っ児になるのではないか。それが私の杞憂《きゆう》であるならいいけれども、こちらの人のすることを見ると、数十万の資産のある者が、東京ならば二、三百円の月給取りのような暮らしをしている。利息で食っている人などはつましい上にもつましくして、わずかずつでも恒産が殖えていくように心がけ、映画や芝居を見るのにも少し入場料が高いと二等や三等で辛抱する。東京の有閑階級がしているような享楽生活は、こちらではよほどの金満家のすることである。能楽や歌舞伎劇が東京を除くあらゆる都会ではすでに衰微しつつあるのに、ひとり帝都においてのみ今も隆盛を誇っているのは、かくのごとき浪費家の市民のあるお蔭であり、我々の小説を買ってくれるお得意様も彼らが大部分であるとすると、芸術家のためにはこういう人達の存在が必要な訳であるが、上方の資本が進出して、何千人を収容するような大劇場が幾棟も殖え、それらが孰《いず》れも繁昌するのを見るにつけても、その反対に彼らの懐がますます痩せ細るように思えてならない。彼らがイキだとかオツだとかモダンだとかシックだとかいって嬉しがっている間に、甘い汁は利口な地方人に吸われてしまって、彼らはだんだん貧乏する。かくのごとくにして、二、三十年の後には今の有閑階級は再び没落してしまい、新しく入り込んだ地方人が、やがて第二世・第三世の東京人となるのであろう。それを思えばこの都に落ち着きのないのも宜《むべ》なる哉である。

○

さて、そういう風に顔色の悪い東京人を一方に置いて、復興後の帝都のブロックを塡めている摩天楼の景観を眺めると、私は一種不思議な感を催すのである。というのは、地震のお蔭で町は確かに立派になったが、そのために市民の不健康な血色と吹けば飛ぶような薄ッぺらさが、余計目に立つようになった。それでなくても近代都市の蜂窩《ほうか》式大建築は、人間を蟻のように小さくしつつあるのに、元来が安手で貧弱な彼らは、上へ上へと聳《そび》えていく大百貨店や大ビルディングに圧し潰されて、その青い顔が一層青く、細い声が一層細くなりつつある。昔の詩人は「国破れて山河在り」と歌ったが、今の東京はコンクリートの橋や道路が徒に堅牢にして人は路上を舞って行く紙屑のごとく、といったような趣がないでもない。私は過日の「陰翳礼讃」にもそのことを書いたが、いったい日本人の皮膚や衣服には材木の生地を露《あら》わにした在来の建築が一番適しているのであって、石やセメントのかたまりを積み上げケバケバしいタイルや煉瓦《れんが》で化粧した大廈《たいか》高楼は、やっぱりそれを発明した国民、大柄で骨太で、バタやビフテキを食って幅の広い声を出す人種には向くけれども、われわれのようなお茶漬け式国民には不向きである。されば東京人の顔色の悪いのは、彼らが内心に抱いている悩みのせいもあろうけれども、一つには西洋化した町衢《ちょうく》との対照から、尚更そう見えるのではないであろうか。もっとも若いサラリーマンたちが働いている商業区域では、近代式オフィスの設備と彼らの背広姿とがよく調和して、活気が溢れていないでもないが、銀座や丸ビルの売店街に下駄や草履を引きずって歩いている遊惰の民のだらしなさを見ると、復興局の役人は東京人をいやが上にも影が薄く、情けなく、安ッぽく見せようという趣意で今の新市街を設計したのではないのかと、恨めしい気がするのである。特に私はそれが婦人の容姿の上に多大の関係があることを一言したい。というのは、人はよく東京の町には美人が多いという。大阪の心斎橋や京都の京極あたりをぶらついてもこれはと思うのにはめったに打つからないけれども、銀座通りを歩いていると、覚えず振り返って見たいような洋装和装さまざまの美人が通る、何といっても流石は東京だという。私もそれには同感で、京大阪にも美しい夫人や令嬢がいない訳ではないのだが、こちらの人はいまだに深窓の佳人式で漫然と外をほッつき歩くようなことをしない、従って、美人が街頭を往来することは東京の特色であるけれども、しかし私にいわせると、彼女たちのあまりにもきゃしゃな衣裳や体格が、周囲の建築物の重々しいスタッフに打ち負かされている場合が多い。例えば大百貨店の階段の跳り場で、一人のモガに行き遇うとして、若《も》し彼女が和服を着ているとしたら、柱や欄干の逞《たくま》しい太さに比べて、その錦紗《きんしゃ》だか御召だかの裾《すそ》や袂《たもと》があまりにひらひらと頼りなく、軽きに失することを感じるであろう。彼女は衣裳の好みにおいて、一点の隙もあるのではない、着こなしも上手なら、色の選択も気が利いている、眼の配り方、足の運び方、ハンドバッグの持ち方等、すべての挙措に遺憾がなく、その上容貌も端麗である、が、彼女の小さなフェルト草履が踏んでいる床の頑丈さと、彼女の背後にそそり立つ壁の厚さへ眼をやる時に、彼女というものの存在がいささか稀薄になることを否み難い。その感じは洋装の時も同様であって、この場合には纏《まと》っている絹物の地質の軽さよりも、彼女の肉体そのものの分量的僅少《きんしょう》さが目立つ。近頃の東京の婦人は亜米利加《アメリカ》の田舎なんぞからやって来る観光団の連中よりはよっぽど洋服が身に着いて来て、中には巴里《パリ》や紐育《ニューヨーク》の本場へ出しても恥ずかしくないようなのがあり、四肢の均整も取れているが、惜しいことにはあまり小柄で充足感が欠けている。現今は痩せぎすの美人が世界の流行であるけれども、痩せたといっても西洋人の方はもともと上ぜいがあるのだし、骨組みもしっかりしていれば、肩とか胸とか臀《しり》とかの要所要所は適当に充実して、手ごたえのある弾力性を示しているが、日本の女にはそれが乏しい。小さな部屋の、きゃしゃな家具の中ではどうやら胡麻化しが利くけれども、巨大な建築物の中へ入れると、彼女の持っているほんのわずかな肉体感がことごとく圧倒されて、有るか無きかになってしまう。私はかねがね日本の女の手の美しさは西洋人以上であると思っているが、そういう場所で眺めると、その掌《てのひら》が木の葉のように薄く、見だてがないので、むしろ一種の憐憫《れんびん》と軽蔑に似たものを感じる。脚線美などというものも、ああ細々として、今にも消えてしまいそうでは、さっぱり性的魅惑がない。こうしてみると、やはり周囲の大きさや堅固さと適当の釣り合いを保つことが必要で、そうでなかったら美人であればあるほど滑稽な、哀れ果敢《はか》ない、コマシャクレた印象を与える。で、大東京市の近代的景観は立派は立派であるけれども、そこにさまよう男女の群をいよいよ淋しく、味気なく、オッチョコチョイに見せているように思うのであるが、そう感じるのは私一人だけであろうか。

○

以上私は、故郷の人の憎しみを買うのを気にしながら、随分勝手な悪口を書いた。多分私の友人の中にさえ、これを読んで怒っている人があるであろうが、しかし元来調子に乗って心にもない毒舌を弄《ろう》することは東京人の通性であるから、「また谷崎が始めやがった」ぐらいなところで笑って受け取ってくれる人もないではあるまい。何にしても私は、上に述べたような理由で東京が嫌いなのであるが、それはあるいは一面において今も愛着を覚えつつある証拠かも知れない。つまり私の悪口は、未曽有の天災と不躾《ぶしつけ》な近代文明とに自分の故郷を荒らされてしまい、親戚故旧を亡ぼされてしまった人間の怨み言であるかも知れない。とにもかくにも、私には生まれ故郷の人々の尾羽打ち枯らしたみじめな様子ばかりが眼について、市街の面目の一新されたことなどが、嬉しいよりはかえって遣る瀬ない涙を誘う。私は帝都の空を限る厳しい穹窿《きゅうりゅう》や屹然《きつぜん》たる甍《いらか》を眺めながら、「ああ、素晴らしい都会になったものだなあ」と思うと同時に、自分の町がいつしか他人に占領されて、彼らの気儘に改造されてしまったような不満を抱く。事実、近頃はあの都の青年男女が用いている言語でさえも、たまに出かけて行く私には、聞き馴れぬ他国の言葉のような耳新しさと、ガサツさと、そっけなさとをもって響く。私はすでに「大阪及び大阪人」の中で東西の言語を比較したことがあるから、再びそのことをくどくはいうまいが、それにしてもあの持ち前のカスカスした、乾いた声でいう言葉が、何とまあ忙しなく、そそっかしく、蕪雑《ぶざつ》になったことであろう。かつて岡鬼太郎《おかおにたろう》氏は、姉のことを「おねえさま」という東京語はない、「ねえさん」というか「おあねえさま」というのが本当だといわれたが、私の学生時分までは正しくその通りであった。兄のことも同様に「おにいさま」とはいわなかった、「にいさん」というか「おあにいさま」といった。パパやママは論外として、「おとうさん」や「おかあさん」なども使わなかった、私共は父を「おとッつあん」母を「おッかさん」と呼びならわし、成人の後もその称呼を用いたので、明治期の東京人と昭和の東京人との間には、こういう些細《ささい》な言葉遣いの末にまでも明瞭な区別の存することを知るのである。思うに「おとうさま」「おにいさま」式の呼び方は山の手の官員さんの家庭あたりから流行り出して、いつしか純東京の下町言葉を駆逐するようになったのであろう。細君のことを「奥さん」というのもやはり山の手言葉であって、下町ではどんな大店《おおだな》の女房でも「おかみさん」と呼ばれた。そしてわれわれは中学の時分に、「僕が女房を貰ったら、おかみさんといって貰いたいね、奥さんはイヤだね」などと下町っ児の仲間同士でいい合ったものだが、左様に下町の人間は、山の手言葉を野暮ッたらしい、田舎臭い、勿体ぶったいい方として軽蔑していたのである。だが今日ではもうそんな馬鹿なことをいう者はいなくなり、「おかみさん」と呼ばれるのは客商売の女将に限られ、「奥さん」が普通になってしまった。言語の変遷はいつの時代のいかなる土地にもあることだから、それをとやかくいったところで始まらないが、でも私にはそういうことが、他国の人に自分の故郷を乗っ取られたという感をいよいよ深くさせるのである。なるほど今の東京弁は、昔に比べれば軽快味と繊細味を増し、語彙も豊富に、表現も自由になったであろう。が、イキがろうとしてかえって田舎臭くなり、智識階級ぶってかえって品が悪くなった嫌いがないか。特に私のいいたいことは女が男の言葉を使ったり、翻訳小説や新聞雑誌に出ている新語をいち早く応用したりするのは、いつの場合にも必ず地方出の人間であって、真の都会人は容易にそういう突飛な真似をしないものである。巴里あたりでも画壇に新しい運動を起こすのは常に外国人系の画家達であって、真の巴里っ児は伝統に対する執着が強く、なかなか流行に動かされないという。早い話が「銀ブラ」などといって嬉しがるのは田舎者の証拠であって、東京人なら「一寸《ちよつと》銀ブラをして来る」などとはまずいわない。やはり普通に「銀座をぶらついて来る」とか「散歩して来る」とかいう。そのほかアジだのデマだのオルグだのという外国人にも通用しない外国語の略称は、恐らく無産派の作家や新聞記者などが拡《ひろ》めたのであろうが、ああいう風なそそっかしい、気が利いているようでイケぞんざいないい廻しの流行ることは、どのくらい東京を居心地の悪い、ソワソワした、慌しい気分にさせているか知れない。元来都会の人間は、言葉が純粋で正確で典雅であることを誇りとし、こなれた、角《かど》の除《と》れた、行き届いた表現をするように心がけるのであって、東京語が標準語とされたのもそういう長所があったからだが、今日のごとく乱脈に、田舎臭くなってしまっては、どこに標準語の品位と権威があるかといいたい。取り分け私に田舎臭く響くのは、「僕そんなこと知らない」とか「君あの本読んだことある」とかいう風なテニヲハを略すいい方である。実にたびたびいうことだが、従来東京語はテニヲハや前置詞の使い方において特に周到だったものだ。市井の町人、車夫馬丁といえども「己あ」とか「彼奴《あいつ》あ」とか「あっしゃ」とかいう風に主格を現す「ハ」を入れた。喧嘩の時でも「何を」（ナニョー）といった。「てめえ」とか「おめえ」とかいう二人称代名詞には往々「ハ」が略されることがあるが、一人称や三人称では大概の場合口の内でちゃんとそれをいっている。しかるに近来は実地の会話のみならず、活字にしてまでもテニヲハを省く。あれでは追い追い日本国中の青年男女があの真似をして、支那人の片言のような日本語を使い出すであろう。そういえば、昔は洒落や警句の類が花柳界から流行り出したが、今はカフェから流行り出す。だから下品で、土臭くって、こせついているのも無理はないが、職業の区別がなくなったように言語の区別もなくなった現在は、それがたちまち全階級を風靡《ふうび》して、華族の夫人令嬢が遊ばせ言葉と女給言葉をチャンポンに使う。ついでながら、もう一つ耳障りでならないのは、近頃の奥さん連が使う「そうずざんす」「そうずざいます」という、「でござんす」「でございます」が約《つづ》まったアレである。文字で示すと「ずざんす」「ずざいます」とよりほかに書きようがないが、実際は「ず」と「ざ」のつながりを曖昧《あいまい》にボカして二音か一音か分からないように、器用に嚙み殺していう。あれは恐らく山の手言葉が一般化したのに違いないが、昔の「廓言葉」のざますのように色気があるのでもない、何か地道に発音するのを面倒臭がっているような、セッカチな、嗜《たしな》みのない感じを受ける。しかも一層イヤなことには、それがいわゆる有閑マダムのダラシのない、荒んだ人柄にぴったり嵌《は》まっているのである。これなんぞもやはり田舎が這入って来たせいで、昔の人は廻りくどくても「そうでございます」と、ちゃんと鮮やかに律義にいった。そうしてそれがギゴチなく響かないように、円滑に、流暢《りゅうちょう》に、歯切れよく発音するのを自慢にしたので、こんな工合にもぐもぐと胡麻化したりなんぞしなかった。それにつけても気が付くことは、近来の東京人は非常に鼻声を使うことが多くなっている。私はこれにも何か理由があるのだと思う。もともと東京語というものは一語一語にアクセントがなく、全体の調子に抑揚が乏しく、なだらかなのを特色としたけれども、しかし昔はなだらかな中にも張りがあったのではないか。講談や落語に出て来る江戸っ児は、喧嘩の時に鋭い甲声でタンカを切る。彼らは大阪人のような太いドス声は出さないが頭の脳天から高い甲走った声を発して、ペラペラとまくし立てる。しかるに今の東京人はそういう気魄がなくなったので言葉までが気の抜けたビールのようになったのである。彼らはいかなる場合にも腹の底から声を出さない、いつも鼻の先で軽く発音する。従って彼らの話し声は関西人に比べると低音であるのを特長とする。これは女子よりも男子においてことにしかりで、彼らが洒落や穿ちをいう時は、努めて曖昧に、もぐもぐと鼻へ抜いてしまって、わざと田舎者なんぞには通じないように、オイヤラカスようにいう。私は今、こう書いて来てはっきり思い当たるのであるが、東京人の影が薄いことと彼らが何となく廃頽的に、疲れたように見えることとの有力な原因の一つは、全くそういう話し声と話し方にあるのだ。彼らは血色においてもそうであるが、なかんずく発音と言葉遣いにおいて生気がない。要するにあの空ッ風の吹く町の中でうすら寒そうな顔をしながら、カサカサに乾いた、蚊の鳴くように細い、世にも不景気な声を出してしゃべっているのが、今の東京人なのである。

○

終わりに臨んで、私は中央公論の読者諸君に申し上げたい、諸君のうちにはまだ東京を見たことのない青年男女が定めし少なくないことであろう。しかし諸君は、小説家やジャーナリストの筆先に迷って徒《いたずら》に帝都の華美に憧れてはならない。われわれの国の固有の伝統と文明とは、東京よりもかえって諸君の郷土において発見される。東京にあるものは根底の浅い外来の文化か、たかだか三百年来の江戸趣味の残滓《ざんし》に過ぎない。東京は西洋人に見せるための玄関であって、我が帝国を今日あらしめた偉大な力は、諸君の郷土に存するのだ。私は何故地方の人が一にも二にも東京を慕い、偏《ひとえ》に帝都の風を学ばんとするのか、その理由を解するに苦しむ。例えば大阪のような大都会の青年男女でさえ東京というと何か非常にいいところのように思い、何事も東京の方が上だと考えて、自分たちの言語や習慣を恥じるような傾きがあるのは、彼らをそういう風に卑下させたのは、誰の罪か。近頃の為政家はしばしば農村の荒廃を憂え、地方の新興を口にするが、現今のごとく帝都の外観を壮大にし、諸般の設備を首府に集中して、田舎を衰微させた一半の責任は、彼ら政治家にあるのではないか。私は地方の父兄たちが子弟を東京へ留学させる利害についても、多大の疑問を持っている。なるほど東京には立派な教授や学校があり、いろいろの教育機関が完備しているであろう。が、前途有為の青年を駆って第二世・第三世の東京人たらしめ、小利口で猪口才《ちょこざい》で影の薄いオッチョコチョイたらしめることは如何《いかが》であろうか。返す返すも東京は消費者の都、享楽主義者の都であって、覇気に富む男子の志を伸ばす土地柄でない。ただし、文学芸術だけはその限りでないという人もあろうが、私はそれにも異議がある。大体われわれの文学が軽佻で薄ッぺらなのは一に東京を中心とし、東京以外に文壇なしという先入主から、あらゆる文学青年が東京における一流の作家や文学雑誌の模倣をこととするからであって、その風潮を打破するには、真に日本の土から生まれる地方の文学を起こすよりほかはない。ついては、いつも思うのであるが、今日は同人雑誌の洪水時代で、毎月私の手元へも夥しい小冊子が寄贈される。実にその数と種類とは大変なもので、印刷費と紙の代だけでもちっとやそっとの濫費ではなく、まことに勿体ない話だが、扨それらの雑誌を見ると、ほとんど大部分が東京の出版であり、孰《ど》れもこれも皆同じように東京人の感覚をもって物を見たり書いたりしている。彼らのうちにも多少の党派別があり、それぞれの主張があるのではあろうが、私なんぞから見ると、彼らはことごとく東京のインテリゲンチャ臭味に統一されている。彼らの関心は、東京の文化と、東京を通じて輸入される外来思想とのみに存して、自分たちの故郷の天地山川や人情風俗は、眼中にないかのごとくである。で、もしもこれらの文学青年がああいう勿体ないことをする暇があったら、東京へ出て互いに似たり寄ったりの党派を作ることを止め、故郷において同志を集め小さいながらも機関雑誌を発行して、異色ある郷土文学を起こしたらばどうであろうか。今日の都会中心主義を矯め、地方の人心をその土に安んぜしめるには、文学芸術が先駆を勤めることが何よりも有効なのではないか。

（「中央公論」昭和九年一月号―四月号）

注解

一　**貝原益軒《かいばらえきけん》**　江戸前期の儒学者、博物学者、教育思想家。日本初の本格的な博物書である「大和本草《やまとほんぞう》」をはじめ、教育書の「和俗童子訓」や道徳書の「養生訓」など多数の書物を著した。江戸期を代表する大学者。

二　**上山氏と笹沼氏**　上山草人《かみやまそうじん》は映画俳優。一九一九年に渡米し、草創期のハリウッド映画に多く出演した。谷崎と親交が深かった。笹沼源之助《ささぬまげんのすけ》は谷崎との尋常小学校時代からの友人。東京で最初の中華料理店である偕楽園の店主。

三　**大友のおたかさん**　祇園のお茶屋「大友《だいとも》」の女将であった磯田多佳《いそだたか》のこと。夏目漱石や谷崎など多くの文学者と交流し、「文学芸妓」と呼ばれた。

四　**安政の時の藤田東湖母子のように**　藤田東湖《ふじたとうこ》は、江戸時代末期（幕末）の水戸藩士で後期水戸学の大成者の一人。安政の大地震の際に、母親を助け出すため崩れ落ちた邸宅の下敷きとなり圧死した。

五　大森博士　大森《おおもり》房吉《ふさきち》。一八六八年生まれの地震学者。世界初の連続記録可能な地震計、大森地震計の開発や、初期微動継続時間から震源までの距離を測る大森公式を考案する。日本地震学の父と呼ばれる。

六　小山内君　小山内《おさない》薫《かおる》。一八八一年生まれの劇作家、演出家、批評家。同人雑誌、第一次「新思潮」を創刊し、ヨーロッパの演劇運動や新文芸を紹介。日本におけるリアリズム演劇の確立を目指し、日本近代演劇の基礎をつくった。

七　九《く》里《のり》四《し》郎《ろう》　一八八六年生まれの洋画家。谷崎の他、志賀直哉、里見弴らと親交が深かった。関東大震災後、奈良に移住。一九三二年、東京数寄屋橋にフランス風レストランＢＲを開業した。

解説

山折哲雄（宗教学者）

私はかならずしも谷崎潤一郎の熱心な読者ではなかった。しかし不思議なことに、小説であれエッセイであれ彼の作品を読んで退屈を覚えたことは一度もなかった。要するに、ただの谷崎ファンだったのかもしれない。

それがいったいどうして、谷崎の文章を集めてこのような小冊子を編むことになったのか。編集部にそそのかされたためでもあるが、うっかり喋っていた言葉のはしばしが飛び火して、このような仕事をする縁をつくってしまった。

そんな事態を迎えた背景には、二〇一一年三月一一日に東北地方を襲った、あの大震災と福島原発事故の衝撃があった。それが避けがたい呼び水になって、谷崎潤一郎のいくつかの重要な文章が思いも及ばなかったような形でにわかに眼前に浮上してきたのである。

これまで、谷崎の仕事の本質を論じたものには、専門家のものを含めてじつにさまざまな作品があった。ここではそれらにふれている余裕はないが、ただ長いあいだ私の心に留まっていたのが伊藤整《いとうせい》によるつぎのような評言だった。

「彼の仕事の中には『母を恋ふる記』（大八）とか『細雪』のように、美のイメージを追う抒情的または叙事的なものもあるが、その多くは、美または性の力による秩序の崩壊の恐怖または感動を描いている」（『新潮　日本文学小辞典』新潮社・昭和43年・七五〇頁）

この中の、「美または性の力による秩序の崩壊の恐怖または感動」という言葉が、以前から妙に頭にしこりのようにこびりついていたが、それがこんどの平成の大震災の発生で、人間谷崎の心の底ににじみでていた地震恐怖のただならぬ感覚が、あらためて蘇ったのである。もしかすると、かれのいう「美または性の力」にたいする「恐怖と感動」は、「地震による秩序の崩壊の恐怖と感動」の異常感覚ときびすを接しているのではないか、そんな妄想までが立ち上ってきた。

いま谷崎における地震恐怖ということをいったが、それが大正一二（一九二三）年の関東大震災のときの体験に根ざすものであったことはいうまでもない。このときかれはたまたま箱根のホテルに泊まっており、バスに乗って移動している最中だった。大地のはげしい揺れに遭遇し、そのときのことが本書に収録している『九月一日』前後のこと」にくわしく記されている。地震にたいする恐怖心がいかに大きなものだったかがわかるが、それとともに当時の地震学の知見とそこから発せられる地震予測に、いかに異常な関心を寄せていたかが伝わってくる。その恐怖心の亢進《こうしん》によるためか、かれはそのまま、一家をあげて東京（横浜）の地を捨てて関西に移住してしまう。

そして興味深いことに、かれはこの関西移住の時代に、きわめて重要な二つのエッセイを書くのである。「恋愛及び色情」（昭和六）と「陰翳礼讃」（昭和八）である。当時、谷崎の知人、友人が同じように関西の地に避難していたが、かれらの多くは日が経つにつれ、また震災からの復興がすすむなかでつぎつぎに東京に帰っていった。そんな状況の変化のなかでも谷崎は阪神の地に腰を落ちつけ、東京の文化と関西の文化の違いを見つめ、観察しつづけて、右の二つのエッセイを仕上げているのである。

谷崎は関西の地で、いったい何を考え、東京時代には思いもしなかったような、何を発見したのか。

「恋愛及び色情」に目を通すとたちどころにわかることだが、谷崎潤一郎は、湿気が嫌いだった。かれは湿気のつよい土地を嫌がって、転々と住居を変えている。それだけではない。湿気のつよい風土で生活してきたこの国の人間は、性欲までがその湿潤の影響をうけて衰弱しているといっている。

日本人の性行為にふれて、こんなことをいう。

「疲労が早く来るために、それが神経に作用して、何となく浅ましいことをしたという感じを起こさせて、気分を暗くさせ、消極的にさせる。あるいは伝統的に恋愛や色情を卑しむ思想が頭に沁み込んでいて、それが心を憂鬱にさせ、逆に肉体に影響するのかも知れないが、どっちにしてもわれわれは性生活においてははなはだ淡白な、あくどい婬楽に堪えられない人種であることは確かである。」(本書二七〜二八頁)

この一文は、今日のわが国の若者世代にみられる「草食男子」やセックスレスの風潮を思いおこさせる。ウツの時代といわれる原因も、案外そんなところにあるのかもしれない。こうした「あくどい婬楽」を避けたがるわれわれ民族の性向は、体質というよりも、季候、風土、食物、住居などの条件に制約されるところが多いためではないか。日本列島のような「湿気た国」は、もちろんアジアのほかの国々にも存在するが、しかしその湿気た濃度のつよさ、ということになれば日本がきわ立って抜きん出ている。そこから、次のような認識もみちびきだされる。

「とにかくわれわれは刻苦精励して、武人は武を研《みが》き、農夫は耕作にいそしみ、年中たゆみなくせっせと働いていなければ国が立っていかなかった。もし少しでも気を緩めて平安朝の公卿のような安逸な生活をつづけていれば、たちまち近隣の大国から侵略されて、朝鮮や蒙古《もうこ》や安南と同じ運命を辿《たど》ったであろう。その事情は昔も現代も変わりはなく、しかもわれわれははなはだ負けじ魂の強い民族なのである。われわれが今日東洋に位しながら世界の一等国の班に列しているのは、すなわちわれわれがあくどい歓楽を貪《むさぼ》らなかった所以《ゆえん》であるともいえるであろう。」(本書三一～三三頁)

じつはこうした谷崎の議論が、それとほぼ同じ時期に書かれた有名なエッセイ「陰翳礼讃」と同じ発想で展開されていたことに、あらためて気づく。これまで「陰翳礼讃」はそれ自体単独でとりあげられることが多かったが、だが、その二つの文章を読みくらべると、発想の連続性がみとめられるのである。いってみれば、モンスーン日本の風土的な特質に着目して日本人の文学や芸能を論じ、それを通して日本人の心意や欲望のおもむくところを語っている。しかもそのようなテーマについて、もっぱら湿度、湿気という窓口を通して見定めようとしているのだ。

たとえばこの湿気た日本によって生みおとされたわれわれの文化について論ずるなかで印象深いのは、われわれの暮らしや家屋のなかから、けばけばしい明るさを徹底的に消し去り、かえって闇の広がりや陰の奥行きを追い求めてきた伝統的な感覚に、読者の注意を喚起しているところである。

ここで、右の谷崎の二篇のエッセイが、昭和六年から八年にかけて書かれていたことに私は驚く。なぜならほとんど同じ時期に、和辻哲郎《わつじてつろう》がのち『風土』となって実る構想を温め、それを東京大学で講義しはじめていたからだ。日本人の国民性の根拠をモンスーン・アジアに吹きつける台風の湿潤的性格に着目して論じていたのである。そこによく知られる「しめやかな激情」「戦闘的な括淡」というキーワードが登場する。それがさきにいった谷崎のいう「活動的で、気短かで、負けず嫌い」の性格に通じ、「刻苦精励する負けじ魂」と共鳴する生き方であったことに気づく。

それだけではない。もう一つ忘れることのできないのが寺田《てらだ》寅彦《とらひこ》の仕事だ。かれは昭和十年に「日本人の自然観」というエッセイを書き、そのなかで、日本人は太古の昔から地震という過酷な災害とつき合い、それとたたかい、そして生き抜いてみずからの暮らしを守ってきたのだといっている。そのことによって「天然の無常」という感覚が「厳父」のごとき自然とのつき合いのなかから生みおとされ、その感覚がわれわれの五臓六腑に沁《し》みこむことになったのだという。そしてこの「天然の無常」観こそ、谷崎のいう、恋愛を露骨にあらわすことを卑しみ、かつ色欲に淡白だったわが民族の個性を生みだすもう一つの原因をつくっているのではないかと私は思う。

このようにみてくると谷崎潤一郎が、寺田寅彦や和辻哲郎とともに、関東大震災が発生したのちのほぼ同時代に、モンスーン・アジアのどまん中に位置する日本列島の特質に目をつけて議論していたことがわかる。それはたんなる偶然の現象だったのだろうか。むしろそれは、過酷な災害が生じたのち（災後）にあらわれる、予言的な知の発動だったように私の目には映る。

谷崎の、もう一つの先見的な言葉をここで紹介しておこう。さきの「陰翳礼讃」に姿をあらわすが、その「陰翳」好きの日本において、いったいどうして西洋とは別箇の、独自の科学文明が発達しなかったのかと問い、もしもわれわれがわれわれ独自の「物理学」を有し、「科学」をもっていたならば、それにもとづく技術や工業も違った発展をとげたはずだ。したがってまた「物理学そのもの、化学そのものの原理さえも、西洋人の見方とは違った見方をし、光線とか、電気とか、原子とかの本質や性能についても、今われわれが教えられているようなものとは、異なった姿を露呈していたかも知れない」（『陰翳礼讃』角川ソフィア文庫・平成二六年・一三頁）、とまでいっている。こうした谷崎の考え方が、同時代の物理学者、寺田寅彦の認識と寸分違わず重なっていたことはいうまでもない。地震が頻発する日本列島においては、その不安定な自然との長いつき合いを通して、日本人に独自の学問が形成され、「天然の無常」観がそこから生みだされたとかれは主張していたからである。その学問の系譜が独自の「科学」を生んだのだ。

今からふり返ってみれば、かれらが仕事をした時期が、はからずもあの関東大震災の年（一九二三）から数えてほぼ十年のあいだに集中していたことがみえてくる。過酷な大災害の衝撃が、科学（寺田）、哲学（和辻）、そして文学（谷崎）の分野に甚大な影響を与え、「災後の日本文明」のあり方について、深い内省をかれらに迫っていたことがわかるのである。

いま、関東大震災から数えて十年ということをいったが、谷崎は、その間に東京という大都会で何がおこったか、復興の名のもとに展開していった退廃と零落の姿を、痛烈な皮肉をこめてこきおろし、遠慮会釈のない批判を加えている。それがちょうど大震災十年後の昭和九年のことであり、本書の最後においた長編エッセイ「東京をおもう」である。この年の『中央公論』一月―四月号に連載した文章である。

無類の「地震恐怖」に背中を押されて関西への遁走《とんそう》を決意したとき、谷崎は「助かった」と思う反面、すでに俗化の気配濃厚な、近代とは名ばかりの東京についてつぎのようにいう。

「一方ではまた『焼けろ焼けろ、みんな焼けちまえ』と思った。あの乱脈な東京。泥濘と、悪道路と、不秩序と、険悪な人情のほか何物もない東京。私はそれが今の恐ろしい震動で一とたまりもなく崩壊し、張りぼての洋風建築と附け木のような日本家屋の集団が痛快に焼けつつあるさまを想うと、サバサバして胸がすくのであった。私の東京に対する反感はそれほど大きなものであったが、でもその焼け野原に鬱然《うつぜん》たる近代都市が勃興するであろうことには、何の疑いも抱かなかった。かかる災厄に馴れている日本人は、このくらいなことでヘタバルはずはない。」(本書一六三頁)

そのように思ったはずだったのに、いざこの十年をふり返ってみるとき、東京がどうなっていたか。それはいぜんとして「東北の玄関」と何ら変わらない、索漠たる安普請の「田舎」であり、情趣もモダン感覚も喪失した「村」だった。そのためいつのまにか東京嫌いをさらにつのらせ、大阪や京都や奈良の古い日本が知らぬまに自分を征服してしまった、という。それと重なるように、その後も頻々と発生しつづける関東の地震が、地震嫌いの自分をいっそう臆病にしてしまった。その震災後の東京にたいする悪口の怪気焔はとどまるところをしらず、地震恐怖の感情が東京嫌悪の奔流となってほとばしっている。とてもとても「東京をおもう」どころではない。むしろ、「東京をのろう」といった方がいいほどだ。そしてこうつづける。

「昔の詩人は『国破れて山河在り』と歌ったが、今の東京はコンクリートの橋や道路が徒に堅牢にして人は路上を舞って行く紙屑のごとく、といったような趣がないでもない。私は過日の『陰翳礼讃』にもそのことを書いたが、いったい日本人の皮膚や衣服には材木の生地を露《あら》わにした在来の建築が一番適しているのであって、石やセメントのかたまりを積み上げケバケバしいタイルや煉瓦《れんが》で化粧した大廈《たいか》高楼は、やっぱりそれを発明した国民、大柄で骨太で、バタやビフテキを食って幅の広い声を出す人種には向くけれども、われわれのようなお茶漬け式国民には不向きである。」（本書二三一頁）

関西に移住し、東京嫌いと地震嫌いをつのらせ、ついに名エッセイ「陰翳礼讃」を書かずにはいられなくなった背景が、ここにはあからさまに語られている。

私はこの解説のはじめに、谷崎文学の特質を明かす伊藤整の評言の中から「美または性の力による秩序の崩壊の恐怖または感動」を引いたが、それに関連していえば、「地震による秩序の崩壊の恐怖と感動」が、関西時代における谷崎のもう一つの秘められた心情だったのかもしれない。

編集付記

・各文章は、『谷崎潤一郎全集』全三〇巻（中央公論社・一九八一年―一九八三年）を底本としました。
・文字表記については、次のように方針を定めました。
一、旧仮名遣いは現代仮名遣いに、旧字体は新字体に改めた。
二、難読と思われる語には、現代仮名遣いによる振り仮名をつけた。
三、送り仮名が過不足の字句については適宜正した。
四、漢字表記のうち、代名詞、副詞、接続詞、形式名詞、助詞、助動詞などの多くは、読みやすさを考慮し平仮名表記に改めた（例／此んな→こんな、其の→その）。
・本文中には、今日の人権擁護の見地に照らして、不当・不適切と思われる表現がありますが、著者が故人であることと作品の時代背景を鑑み、原則的に底本のままとしました。

恋《れん》愛《あい》及《およ》び色《しき》情《じょう》

谷崎潤一郎《たにざきじゅんいちろう》　山折哲雄《やまおりてつお》＝編

平成26年 9月25日　初版発行
令和6年 12月15日　7版発行

発行者●山下直久

発行●株式会社KADOKAWA
〒102-8177　東京都千代田区富士見2-13-3
電話　0570-002-301（ナビダイヤル）

角川文庫 18788

印刷所●株式会社KADOKAWA
製本所●株式会社KADOKAWA

表紙画●和田三造

●お問い合わせ
https://www.kadokawa.co.jp/（「お問い合わせ」へお進みください）
※内容によっては、お答えできない場合があります。
※サポートは日本国内のみとさせていただきます。
※Japanese text only

ISBN978-4-04-409472-0　C0195

角川文庫発刊に際して

角川源義

第二次世界大戦の敗北は、軍事力の敗北であった以上に、私たちの若い文化力の敗退であった。私たちの文化が戦争に対して如何に無力であり、単なるあだ花に過ぎなかったかを、私たちは身を以て体験し痛感した。西洋近代文化の摂取にとって、明治以後八十年の歳月は決して短かすぎたとは言えない。にもかかわらず、近代文化の伝統を確立し、自由な批判と柔軟な良識に富む文化層として自らを形成することに私たちは失敗して来た。そしてこれは、各層への文化の普及滲透を任務とする出版人の責任でもあった。

一九四五年以来、私たちは再び振出しに戻り、第一歩から踏み出すことを余儀なくされた。これは大きな不幸ではあるが、反面、これまでの混沌・未熟・歪曲の中にあった我が国の文化に秩序と確たる基礎を齎らすためには絶好の機会でもある。角川書店は、このような祖国の文化的危機にあたり、微力をも顧みず再建の礎石たるべき抱負と決意とをもって出発したが、ここに創立以来の念願を果すべく角川文庫を発刊する。これまで刊行されたあらゆる全集叢書文庫類の長所と短所とを検討し、古今東西の不朽の典籍を、良心的編集のもとに、廉価に、そして書架にふさわしい美本として、多くのひとびとに提供しようとする。しかし私たちは徒らに百科全書的な知識のジレッタントを作ることを目的とせず、あくまで祖国の文化に秩序と再建への道を示し、この文庫を角川書店の栄ある事業として、今後永久に継続発展せしめ、学芸と教養との殿堂として大成せんことを期したい。多くの読書子の愛情ある忠言と支持とによって、この希望と抱負とを完遂せしめられんことを願う。

一九四九年五月三日